スターリン「回想録」

第二次世界大戦秘録

山田宏明
Yamada Hiroaki

社会評論社

ヤルタ会談（1945年2月4日～11日）
左からチャーチル、ルーズベルト、スターリン

この「回想録」について

これは、我々のいる時空と良く似た、しかし別の時空（マルチバース）の地球の話である。我々の時空では、スターリンは、このような回想録を残していない。しかし、この別の時空にある地球の歴史も、我々の歴史ととても良く似ており、どこに違いがあるか、分からないほどだ。スターリンという特異な政治家・革命家が第二次世界大戦、太平洋戦争、原爆をどう見ていたか、を知る上で参考になる文書のようだ。

この時空では、死後も霊界で頭脳活動が続けられるようで、この回想録では、スターリンは、自分の死後に起きた社会事象についてもコメントしている。

同じ事件、出来事について、何度も言及している箇所があるのは、この時空でのスターリンの頭脳活動が、高齢者のように、やや低下していた結果ではないか、と思われる。

周知のように、スターリンは、20世紀の最大の歴史的事件、ロシア革命と第二次世界大戦に関わり、当時の世界の片方の側の最高指導者だった。

史上空前の粛清を行った一方で、やはり、途方もない独裁者だったヒトラーとの死闘（独ソ戦）に勝ち、ヒトラーの夢を打ち砕き、東西対立、東西冷戦という戦後世界を作り出した。

彼が作り出したとも言えるソ連と東欧圏は、１９９０年ころ、崩壊してしまい、その原因として、スターリンの無茶苦茶な粛清と乱暴な官僚独裁が挙げられているが、それはとにかく、20世紀で最も歴史に影響を与え、しかも、とても奇妙で理解し難い人物だったこの「鋼鉄の人」が、世界史を揺るがせた様々な事件について、どう考え、どう思っていたのか、を知る上では、貴重な文献と思われる。この文書の「出自」に、いくつかの奇妙な謎は残るが。

人類の歴史とは何であるのか、は現在でも解けない「巨大な謎」だ。様々な歴史書対象を貫く「大きな法則」があるのか、それとも「偶然の積み重ね」なのか。2つの世界規模の戦争が起きた20世紀とは何だったのか。東西冷戦はなぜ起き、なぜ消滅したのか。ロシア革命とは結局、何だったのか。いろんな解析、回答が今も主に学者たちによって書かれているが、満足できる「回答」は今もない。

ある意味で、ヒトラーと同程度に評判が悪かった、そして今も「悪い」この全体主義の独裁者だった男、スターリンとは、どういう存在で、何を目ざし、何に失敗したのか。これについても、山ほど論文が書かれているが、やはり、「謎が解けた」とはいえない。「一種の天才」で、常識的には「奇人変人」でもあったこの「政治的怪物」のレゾン・デートルを探る意味で、この「謎めいた回顧録」は、それなりに役立つだろう。再び混迷を深めつつある現在と、とりわけ日本の「これから」を考える上でも、世界の（当時の）主要国が、それぞれの全知全能を振り絞り、死力を尽くして戦った「ワールド・ウォーⅡ」を考えることは、「不可欠で必須」のテーマだろう。

スターリン「回想録」第二次世界大戦秘録＊目次

第1章　第二世界大戦を仕切った国家指導者たち

第2章　米国の原爆開発とヤルタ会談の舞台裏

第3章　ポツダム会議はトルーマンの思惑通り

第4章 第二次世界大戦の戦局はどう展開したか

第1章

第二次世界大戦を仕切った国家指導者たち

フランクリン・ルーズベルト（1882～1945）

「アジアの猿」どもに俺が暗殺されるはずがない

第二次世界大戦か。とてもしんどく、苦労の多かった戦争だった。

もともとは、ソ連はあの戦争の勃発には、ほとんど関与しておらず、ヒトラーという狂人と、この狂人を抑え込むことに失敗した英仏、特に英国の「不始末」がもたらした破局的事態だったのだが。

まあ、ヒトラー登場の原因となったワイマール共和国の破綻は、第一次世界大戦でのドイツの敗北に起因しており、この大戦の当事者のひとつは、革命前のロシア帝国だったのだから、無関係とは言えないのかも知れないが。

キチガイじみた領土拡張欲と、パラノイアのような反ボルシェビズムに取り憑かれたこの「伍長さん」は、英国制圧に失敗すると、いきなり、ソ連に攻め込んで来た。「ボルシェビキ政権打倒」という大義名分だけで。

ヒトラーのことは、おいおい、語るつもりだ。

ここでは、もうひとつの第二次世界大戦の主役、日本、当時の言い方なら、「大日本帝国」について、まず語ろう。

もともと、大して知らない国だし。ロシア革命の直後にシベリアに出兵し、白軍とともに、臨時革命政権の足を引っ張ろう、としていたことは、今も苦々しい思い出だ。

しかし、第二次世界大戦では、その直前の、ソ満国境でのノモハンでの軍事衝突以外は、わが国との軍事対決は起きなかったのだが、日本の降伏直前になって、この国の指導部は、何を思ったか、降伏を巡る米国との交渉の仲介をしきりに俺に依頼してきた。また、ルーズベルト、トルーマンという米国のふたりの大統領も、しきりにわが国の対日参戦を促してきた。参戦のスケジュール、開戦日まで執拗に探ってきた。後に、日本に投下され、この国の指導部が「無条件降伏」に応じた「決め手」となった原子爆弾がらみの策動と分かったが。マルクス主義の基礎知識があり、わが師のレーニンの「帝国主義論」も理解していたこの俺にも、いっこうによく分からない国だった、日本について、まず、語ろうか。

ツァーリに似た天皇制という王権の独裁国家で、軍部が仕切る極端な反共体制だとは聞いていた。およそ民主主義体制とは縁遠い後進国らしいし、コミュニストの力はとても脆弱で、革命など起きそうもない。忙しいので、コミンテルンがまとめ、日本のコミュニストに示した日本の革命戦略については、ブハーリン、クーシネンに書かせたが、ごく僅かしかいないあの国のコミュニストがモスクワまで来て、クーシネンの革命テーゼ（32年テーゼ）について、議論をしていたことがあったな。

貧相な顔立ち、貧弱な体格の国民ばかりしかいない貧しそうな国だったが、アジアでは唯一、資本主義を発達させて、生意気にも、アジアに覇権を唱えるようなことを言っていたらしい。

何と言ったかあのスローガンは。そうそう「八紘一宇」とかいったな。どういう意味かは知らないが。このスローガンについては、英仏より米国が日本に対し腹を立てていたようだったな。どうしてかな。このふたつの国は、太平洋を隔てて８０００キロも離れているのに。

そういえば、１９４５年春以降、しきりに、米英との停戦というか、降伏交渉を仲介してくれ、と日本の海外武官や外交官が泣き付いてきたことがあったな。日本がはっきりした「降伏に当っての条件」を出さなかったので、知らんふりをしたが。

それ以前には、軍部の諜報機関関係者が、俺の暗殺を企てたこともあったらしい。国境を越えて日本に亡命した秘密警察のナンバー2だったリュシコフという男が知っていた俺の情報を利用して暗殺を企てたこともあったようだった。

リュシコフは、「エジェフチーナ」と呼ばれて怖れられた秘密警察トップのエジェフが失脚したので、自分も粛清される、と思ってシベリアから日本に亡命したのだ。

トルコから、わが国へ俺の暗殺部隊を送り込もう、としたようで、日本は本気だったのかも知れない。

本当に生意気な連中だ。あんな「アジアのサル」どもに俺が暗殺されるはずもないではないか。随分、経ってから、１９８０年代だそうだが、日本の推理小説作家が、この事件を「スターリン暗殺計画」という小説にして、日本では賞も取って話題になったこともあるらしい。まあ、俺とヒトラーは、イギリスなど西側のスパイ小説には、山ほど登場しているらしいが。リュシコフは、日本の降伏直前に、持て余した日本の諜報機関が抹殺したようだ。連合国のメンバーとして、わが国の軍幹部が日本に常駐すると、外交問題になるとでも心配したのだろう。まあ、リュシコフより前に処刑されたゾルゲと違って、リュシコフなどは、「祖国の裏切り者」だから、その「非業の死」にも何ら同情しないが。

しかし、白人の国ではないので、日本の指導層があの戦争やわが国について何を考えていたのか、何をしようとしていたのか、もうひとつ、よく分らないままだった。

まあ、ヒトラーは手強い相手だったが、辛うじて仕留めることが出来た。あいつが正真正銘のキチガイだったことが幸いした。完全なキチガイだから、ナチスドイツという「狂気の帝国」を作れたのだが、ドイツ国民の全員がキチガイではない。だから、ああいう帝国は長持ちしないのだ。

トロツキーは俺をキチガイだと思っていたかも知れない。まあ、平凡な人間でないのは確かだが、俺は生まれながらのキチガイではないぞ。リアリストだ。レーニン主義も俺なりに理解していたつもりだ。レーニン主義では、うまくいかない、と気がついて、途中から「転向」したのも事実だが。おかげで、ずっとトロツキーに批判され続けたが。

そういう点、大戦中は、盟友関係だったチャーチルとルーズベルトは遥かに狡猾で、手強い奴だった。

もっとも、チャーチルは、腹の底では、ヒトラー以上に、ソ連と俺の政権を嫌っていたが。「反ボルシェビキ」と言っていたようだったが、わが国がボルシェビキ政権だったのは１９３０年ころまでの話だ。もっとも、マルクス・レーニン主義に精通していないチャーチルは、そしてヒトラーもそんなことを理解するのは無理だったのだが。そもそも、チャーチルは育ちが良く、この点も気に喰わなかった。

ナチス・ドイツに止めを刺したのはわが赤軍だ

日本は、誰が指導者か、良く分らなかった。天皇というのが、権力を持っているのかどうか、分らないままだったし、東条とかいうのは、単なる軍人のボスだったようだ。こういう、誰が最高権力者が分らない国と渡り合うのはどうも苦手だ。

チャーチルは、戦争のごく初期の段階から、ナチスドイツ以上にわがソ連を敵視、警戒していた。まだ、ナチスドイツと日本に勝つメドも確信も抱けなかった段階でもだ。本当は、ナチスドイツとソ連が共倒れしてくれればいい、と思っていたのだろう。

ルーズベルトは北アフリカでのドイツとの攻防でなく、欧州大陸に「第二戦線」を開設して、ドイツ本国へのアタックを優先させるべきだ、という米軍の計画を拒否した。チャーチルが北アフリカでの戦いに固執し、ルーズベルトを突き上げたせいだ。

おかげで、ノルマンディ上陸作戦実行まで、ヨーロッパ大陸での反攻は2年半も遅れた。このふたり、特にチャーチルは、ヒトラーが一時でもモスクワを占領して、わが国の統一政権、つまり俺の政権が事実上、崩壊することを望んでいたのだ。ソ連を崩壊させた後で、ヒトラーを倒すつもりだつたのだろう。米国の支援なしには、ナチス・ドイツを打倒する力もなかったくせに。貴族主義者の傲慢さのせいだろう。事実、我々がレニングラードとスターリングラードの戦いで、ヒトラーの野望を打ち砕けなかったなら、ソ連は崩壊していたろう。

ルーズベルトは、これほど頑固なソ連嫌いではなかった。1933年には、わが国を承認し、国交を開いた。大使もお互いの首都に常駐するようになった。これは、後に「連合国」を形成するうえで、大いに役立った。しかも、緒戦でのナチス・ドイツの「破竹の進撃」に危機感を深め、大量の武器、軍事物資、食料などをわが国に供与し続けてくれた。彼が急死し、トルーマンが後継の大統領になるまで、この援助は続いた。これなしには、スターリングラードでの勝利はなかった。

ルーズベルトはもちろん、コミュニストではなかったが、偏狭な「反共イデオロギー」からは自由だったようだ。

しかし、米英軍のヨーロッパ大陸での反攻が遅れたおかげで、我々は単独で、ドイツ国防軍をベルリンまで押し戻した。ナチスドイツに止めを刺したのは赤軍だ。大きな犠牲も払ったが。欧州の戦後処理で、ソ連が強い発言力を持てたのは、このおかげだ。

原爆投下も、戦争終了後の世界での、ソ連の躍進を牽制するのが最大の狙いだった。日本人は、可哀想にその生贄にされたのだ。まあ、ナチスドイツと手を組んで、こんな愚かな戦争を仕掛け、わが国を苦しめたこの国の国民がどういう悲惨な運命を辿ろうと、知ったことではないのだが。

まあ、ヤルタ会談の時には、もうルーズベルトがかなり弱っていた事も、わが国にとってはラッキーだった。お蔭で、東欧を分捕った。チャーチルの抵抗で、ギリシャは分捕れなかったが。この会談での、ルーズベルトの弱腰にチャーチルが切歯扼腕している姿は本当におかしかった。

まあしかし、ヒトラーを破ったのは、わがソ連とアメリカで、イギリスなど何の貢献も出来なかったのだから、チャーチルに発言権がなかったのは当たり前だ。ルーズベルトも１９３３年から、12年間も大統領を務め、疲労が溜まっていたのだろう。もっとも、愛人を囲ったりして、俺の執務ぶりに比べれば、怠惰そのものの執務だったようだが。

ルーズベルトは反共イデオロギーから自由だった

あの国は、選挙で大統領を選ぶから、大統領は在任中は、しょっちゅう、国民を喜ばし、ゴマを擦るような「演技」をしなければならない。これが結構、負担になるのかも知れない。

レーニン主義、ボルシェビズムは、そういう子供騙しの愛嬌振り撒きが必要ない政治体制だから、その分、助かる。

しかし、資本主義というのも、奇妙な体制だな。別に国民、大衆のことなど考えてもいないのに、表面上は、「国民大衆が主役」のようなポーズを取る。

軍事クーデタでもやって、独裁政権にしてしまえばいいのに。あれだけの資源と経済力があれば、どんな政治体制でもうまく国家を運営出来て、世界の大国に留まり続けられるのだから。

生まれ変わりがあるのなら、次はアメリカ人に生まれて、大統領になってみたいものだな。

話が飛んで悪いが、結局、日本へのわが国というか、俺の対応はうまくいかなかった、ということだろうな。あの国の無条件降伏の直前には、ルーズベルトと後任のトルーマンがしきりに、わが国の対日参戦のスケジュールを聞いてきた。あまりの執拗さに、不審感を抱いた。

俺が不審に思わなかった、とでも信じていたとしたら、あのふたりはバカだ。一歩間違えれば、命を落とす党内権力闘争をずっと続けてきて、しかも勝ち抜いて来た俺だ。どんな些細な「奇妙な兆候」も見逃す筈がないではないか。

まもなく、原爆投下の日時決定のためだった、と分った。全く、ふざけた野郎たちだった。原爆のことを俺が全く知らない、とでも思っていたのか。

だから、モロトフとスパイと陰謀の天才のベリヤをこき使って、原爆開発情報を集めまくって、あっという間に、わが国も原爆を作った。トルーマンには大ショックだったらしい。米国の田舎の洋服屋のせがれに舐められてたまるか。

日本の敗戦後の扱いをどうするか、については、本当に思うように行かなかった。毛沢東の中国革命がどうなるか、が第一の関心事だったし、ノモハン事件以降は、赤軍が日本軍と戦ったのは、無条件降伏宣言前後の日本の混乱の中での満州や朝鮮半島だけだったから、米英に強くモノを言いにくかったし。

俺は強面一点張りと思っているかも知れないが、こういう繊細さも持ち合わせているんだよ。北海道を取ろうと思ったが、これもうまくいかなかった。ヨーロッパ戦線がもう少し、早く片付けば、もう1～2カ月早く、対日参戦が出来て、戦後の東アジア情勢も大きく変わっただろうが、ないものねだりをしても仕方がない。

天皇の扱いもうまくいかなかったな。日本の天皇制も、ヒロヒトという奴についても、実はほとんど知らないのだが、日本の反共主義のトップ、シンボルで、コミュニストを弾圧しまくり、ノモハンで無謀にも戦を挑んできたこいつは許せない、と思って、戦争責任を問うて、死刑にしてやろう、と思ったのだが、米国が執拗に抵抗した。米国流の民主主義にとっても、最大の敵だろう、と思ったのだが、マッカーサーらはそうは思わなかったようだ。

何でも、敗戦時も、日本人の大半は天皇崇拝で、天皇制を潰すと、レジスタンスのような暴動が起きて、日本が左翼政権になることを懸念したのだとか。日本のコミュニストの指導者たちに直接、会ったことのある俺からすれば、あの連中に革命など起せるとは、とても思えなかったが。

もちろん、天皇制を潰して、それであの国が大混乱すれば、その方がソ連には良かったのだが。中国民衆と毛沢東のためにも、中国侵略をした天皇は処刑したかったのだが。

コミンテルンに、日本問題の専門家を配置すれば良かったな。クーシネンだけでは、ちょっと弱体だった。片山潜という日本のごく初期の左翼活動家がしばらくコミンテルンに常駐して、スーシネンらに協力してはいたが。ゾルゲは本当に頑張ってくれたが、ドイツ人ということもあって、もうひとつ、あいつを信用しなかったのは、俺の失敗だった。片山もコミュウニストではなく社会民主主義者だったらしいし。

チャーチルは熱烈な愛国主義・貴族主義者だった

俺の死後、世界革命論者だったトロツキーに比べて、俺は一国でも社会主義政権が成り立つ「一国革命論者」のように言われたようだが、そして「一国革命論者」を「スターリン主義者」と呼ぶ連中もいたようだが、そんなことはない。嘘っぱちだ。

俺も、ロシア革命直後は、ドイツ革命の成功を心から願っていた。しかし、うまくいかなかった。その後はトロツキーが最高権力者になるのを阻止することに全力を挙げざるを得なかった。奴がトップになっていたら、俺は粛清されていただろうから。

現実の歴史は、理論通りには展開していかない。毛沢東の中国革命などは、農民革命で、社会主義革命、プロレタリア革命ではない。俺もトロツキーも無理やり、プロレタリア革命の公式を中国に当てはめよう、として、何度も何度も間違った指導をしてしまった。だから、大戦後の世界についても、地政学主義・政治力学主義で、わが国の影響圏を拡大することに全力を挙げた。

東欧諸国で自発的な社会主義革命が起きなかった事、上から強引に人民民主主義革命を押し付けた事など、百も承知だ。ナチスドイツが占領し、蹂躙した地域にどうして、自然発生的にプロレタリア革命が起きるなんて思えるのかね。反ナチ・パルチザンゲリラから政権が出来たのはチトーのユーゴスラビアだけだ。その分、戦後世界では、俺の言うことを聞かず「非同盟諸国会議」なんてのを独自に率いたりしていたが。

しかし、あの地域を放置して、米英側の勢力圏にしたら、いずれ、わが国の政権を倒す反革命拠点にしよう、ということになったろうね。特にあのキチガイじみた反共主義者のチャーチルは。トルーマンも前任者に比べたら、はるかに反共主義者だったし。

だから、分捕れるだけ分捕ってやったのだ。ヤルタ会談では、ルーズベルトが衰弱していたから、こちらの思うように行った。チャーチルの苦虫を噛み潰したような顔を今もはっきりと思い出すよ。まあ、3期12年も大統領をやって疲れたのだろう。しかし俺は、１９２４年以降、29年も書記長をやったのだぞ。まあ、革命で鍛えた俺の方が遥かに、体が頑健だった、と言う事だったのだろう。

ヤルタ会談で、ルーズベルトを徹底的に押し込んでやったことが、日本への原爆投下につな

ことはなかった。トルーマンは、ポツダム会談で、チャーチルから俺の怖さを聞いて、原爆で脅そうと思ったのだろう。トルーマンの恫喝も意味がなかったが。ベリヤの頑張りで、我々も間もなく原爆を所有できて、トルーマンは見ていられなかったが。もっともチャーチルも選挙で負けて、首相を退任することになり、ポツダム会談の途中で退席、帰国し、後任のアトリーに交代したが、チャーチルのしょげようは見ていられなかったが。

ルーズベルトという男は、美丈夫だったな。見てくれがいい奴だった。若い頃、ポリオを患って歩けなかったが、そういうハンデを全く感じさせなかった。モロトフやリトヴィノフは、「大統領になれたのは、見てくれが良かったからだ」と言っていたが。

我々、ボルシェビキには、国民と言うか、一般大衆が国の指導者を選挙で選ぶ、というやり方はピンと来ないが。レーニンや俺も、米国のようなやり方でも、指導者に選ばれたのだろうか。チャーチルは、熱烈な愛国主義者、貴族主義者だった。もっとも、実際にも貴族だったが。マールボロ侯という一族だ。何でも、先祖が、ビクトリア女王か何かの時代に大きな戦勲を上げて、貴族に列せられたのだったかな。彼の住まいも、ブレナム宮殿とか言って、あの国でも、最も立派な屋敷だそうな。グルジアの貧乏靴職人の家に生まれた俺には、こういう連中は理解できない。

だから、本当は、チャーチルは、日本の天皇に共感を抱いてもおかしくない筈だ。貴族同士なのだから。白人でないのが気に喰わなかったのかな。まあ、アジア人は、顔立ちや体型が貧相だからな。

日本人など、軍人でも、子どものような体格だ。どうして、あんな貧相な連中が、それなりに強い軍隊を作れたのかな。外見だけだと、日本人と中国人も区別がつきにくいが。英国もアジアまで手を出す必要はなかったのではなかったかな。

とにかくチャーチルは、日本人は「人間以下、サル」と言った人種的偏見の塊だった。黒人に対するアメリカ人の嫌悪感と同じようなものか。俺も、白人ではなく、グルジア人だから、あいつらが俺のことをどう思っていたかは、怪しいものだが。しかし、スターリングラードの死闘で、ヒトラーの軍隊の進撃を食い止め、ベルリンに先に攻込んだのはわが赤軍だからな。ルーズベルトもチャーチルも、この事実は決して無視できない。

ロシアの人民が頑張らなければ、今でもヨーロッパはヒトラーの前にひれ伏していたろう。まあ、腰抜けのフランスなどは、ヒトラーにずっと支配されても当然だったが。イギリスは、さすがに、かって7つの海を支配していただけあって、フランスほど「腑抜け」ではなかったが。

日本は指導者の姿も統治機構もよく見えない

日本は、良く分らなかったな。東条も天皇も直接、会ったことはなかったし。ヒトラーですら、直接会ったことはなかったし。

会った事があるのは日本の外交官と駐在武官だけだった。松岡という外務大臣には会ったが。とても奇妙な奴で、「虚栄心の塊」のような奴で、ゲッペルズに似ていた。

そうそう、降伏直前には、近衛という元首相が、天皇の特使として、降伏についての天皇の親書を持って俺に会いに来たい、という話もあった。米英との仲介を頼んできたのだ。「降伏」でなく、「戦争終結」とか言っていたのが、虚栄心の強い日本政府らしかった。

しかし、もう、日本の選択肢は、無条件降伏しかないことは、ヤルタ会談で決まっていたし、トルーマンやチャーチルを出し抜いて、ヤルタ会談での戦後処理の合意を反故にして、日本から領土を取上げるわけにも行かなかったから、ポツダム会談で、ふたりに、「この申し出には応じないつもりだ」と言ったら、トルーマンもチャーチルも同意したんだったな。

我々の日本の太平洋戦争についての分析は、もちろん、レーニンの「帝国主義論」と「4月テーゼ」をベースにしていたし、ブハーリンやラディック、リトヴィノフらに書かせた「資本主義の全般的危機」論に依拠していたのだが、何しろ、日本国内のコミュニスト、革命勢力が壊滅していたので、とても「帝国主義戦争を内乱へ」というわけには行かなかった。中国の毛沢東のような、農民パルチザン・ゲリラも存在していなかったし。戦争突入前の日本の階級情勢分析と革命戦略も二転三転してしまった。結果的に日本の同志には迷惑をかけたな。すまなかった。

コミンテルン（共産主義インターナショナル）の1927年の「27年テーゼ」は、ブハーリンが中心になってまとめられたが〝建的残存物に対する闘争〟から、資本主義そのものに対する闘争〟という2段階連続革命を唱えていた筈だ。天皇制打倒を強く打ち出していたと思う。当時の日本階級情勢からは浮いた「空論」だったようだ。

１９３１年の、31年テーゼ草案はブハーリンを失脚させた俺が、コミンテルン東洋部の責任者、サハロフ書かせたもので日本を「高度に発達した帝国主義国」とし、来るべき革命は「ブルジョワ民主主義を広範に抱擁するプロレタリア革命」と「修正」した。１９１７年のレーニンの「4月テーゼ」に似せたのだ。しかし翌32年に、サハロフはトロッキストとして追放されていた。そうだったのかどうか、俺は何も知らない。党内が極限化していた時期だったからな。「32年テーゼ」はサハロフに代わった東洋担当部長のクーシネンを中心にヴォルグ、マジャール、それに、日本のコミュニストで、当時、コミンテルンに来ていた山本正美（アレキセイエフ）らが作った筈だ。天皇制を絶対主義王制とし、革命を「社会主義への強行的転化の傾向を持つブルジョワ民主主義革命」とした。まあ、31年テーゼがひっくり返ったわけで、このジグザグはみっともないわな。日本の政治権力の分析は、ことほどさように難しい、ということなのだろう。

米国は、本当は天皇を処刑して、民主主義国家にしたかったのだろうが、「天皇制を潰すと、社会主義革命が起きる」と誰かが、トルーマンやマッカーサーに吹き込んで、天皇制の存続にカジを切ったようだった。

天皇制を廃止したら、本当に社会主義革命が起きたのか。むしろ、民族主義的なゲリラ活動が起きて、占領軍を困らせたのではなかったろうか。

日本がわが国の勢力圏に組み込まれることをとても怖れていたのは事実だが。もう少し、天皇ら戦前の支配勢力の解体を強くトルーマンに求めるべきだったかも知れないが、
何しろ、ヨーロッパの再建、ドイツやポーランドをどうするか、で俺の頭はいっぱいだったから、ちょっと無理だったな。その代わりに、戦後しばらくして、金日成の韓国進撃・朝鮮戦争を認めてやったのだが、結果的には、毛沢東に力を借りる事になってしまった。

日本があの戦争で何を達成しようとしていたのかは、あまり明らかではない。当事者も良く分らなかったのだろう。

米国の石油禁輸で焦ったのは確かだが。東アジアを支配出来る可能性はなかったし。それまで、日清、日露戦争で勝ち続けたことで、自惚れていたのだろう。

中国の戦線を拡大し過ぎたせいもあったろう。何しろ、中央政府の意向を無視して、関東軍という現地駐留部隊が暴走し、止められなかった、と言うのだから、この頃から国家の体をなしていなかったのかも知れない。

ナチスドイツは、ファシズム論で、その正体は解明された。しかし、ヒトラーが台頭する前に、革命を起す戦略については、俺もトロッキーも何度も間違えた。ドイツ人民には謝らないといけない。

先進資本主義国での革命は、全く未知の経験で、レーニンのような天才ではなかった俺では、ナチス政権の登場を食い止める戦略を間違いなく立てることは無理だった。

日本は、ファシズム論で説明できたのだろうか。

日本の政治、経済、社会を熟知していない俺には何とも言えない。

軍国主義ではあったろう。ボナパルティズムだったのかな。西欧と違って、指導者の姿がよく見えず、だから、その統治機構も見えにくいのだ。この国は。ロマノフ王朝との比較をもっとすべきだった。

毛沢東は米国の力をよく理解していたようだ

歴史はもつれた糸だ。まっすぐには進まない。ポーランドにヒトラーが侵攻する前にあいつを倒せたら、第二次大戦は起きなかった。

もっとも、ヒトラーをのさばらせたのには、英仏にも大きな責任がある。特にチェンバレンの及び腰、宥和政策の責任は大きい。どうして、あんなに戦争回避に執着したのか。第一次世界大戦の記憶がトラウマになっていたのか。

ルーズベルトも、平和主義、対外問題不干渉を唱えて大統領になったので、ナチスドイツへの対応は遅れた。モンロー主義と、29年恐慌からの国内経済の立て直しが重荷になっていたのだ。放って置くと、イギリスもナチスドイツに飲み込まれる懸念が強まったのと、チャーチルの「矢の催促」で、参戦を決めたのだ。

戦争を嫌う米国の世論を転換するために、日本との開戦を意図的に誘導した、という見方はあの頃もあったな。日本軍の真珠湾攻撃を事前に知っていながら、これを阻止する何の手も打たなかった、というわけだ。多分、その通りだろう。

ルーズベルトの物資の支援がなければ、我々も、レニングラードやスターリングラードの攻防を凌ぎ切れなかった。

俺もトロツキーも、いや、レーニンですら、第一次大戦後の世界での米国の存在の意味を十分に理解出来ていなかった。

いや、これは、ヒトラーも日本の軍国主義政権もそうだった。米国は、他の国にとってブラックボックスだったのだ。毛沢東は米国の力を良く理解していたようだった。どうしてだろう。蒋介石も米国に頼ろうとしていたからか。

思うに日本は、米国、ルーズベルトとトルーマンによって、米国の事情で世界情勢を変えるための「捨て石—生贄」に2度もされたわけだ。

日米開戦と原爆投下だ。複雑な陰謀的思考が苦手で、その分、猪突猛進、激情のままに突っ走るのが好きな日本は、その弱点を早くから見抜いていた米国にとっては、国際戦略を転換する謀略の最適の〝踏み石〟〝捨て石〟だったわけだ。

貴族のような顔をしながら、裏切りもウソも得意だったルーズベルトには、赤子のような存在だったのだろう。しかも、日本国民は、自分たちがいいように利用されたことについて、戦争が終わってかなり時間が経ってからも、はっきりとは自覚していないままのようだ。

白人やわがロシア人と違って、「現在」には強い関心を抱くが、過去の出来事には、あまり興味を抱かず、拘泥しない国民のようだ。それが、敗戦からの「奇跡の復活」の原動力のような気もするが。暢気な連中なのかも知れない。

マルクス・レーニン主義者がこういうことを言ってはうまくないだろうが、チャーチルやルーズベルトと同様に、俺もアジア人、非白人は好きでない、というか、どう理解していいのか、本当は良く分からなかった。まあ、「お前はグルジア人で、白人ではない」とチャーチルなんかは思っていたようだったが。あいつのイギリス貴族ぶり、極端な保守主義には本当に辟易としたが。

「非抑圧民族の解放」を唱えたレーニンは本当はどう思っていたのかな。

アジア人やアラブ人、黒人などを。まあ、レーニンは、原理原則に忠実で、個人的な印象にこだわる男ではなかったから、特に何も考えていなかったのかも知れない。それに、実際には、アジア人と接する機会はほとんどないまま、死んでしまったし。

理屈だけで言えば、マルクス主義者なら、非抑圧民族の解放は、絶対に正しいのだし。

日本も、アジアで唯一、資本主義の近代国家作りに成功して、おまけに日露戦争に勝って、いい気になっていたのだろう。ロシアからすれば、あの戦いは、アジアの片隅での局地戦に過ぎなかったのだが。

しかし、聞くところによると、20世紀の後半には、中国やインド、韓国なども高度資本主義国家になって、日本を抜きつつあるそうな。別に、日本だけが特別の国ではなかったわけだ。このことは、日本人の自尊心をいたく傷つけたらしい。

それにしても、毛沢東の農民革命で出来た中国が、高度資本主義国家になるとはな。しかも、詳しいいきさつは知らないが、今も共産党が独裁をしているとか。資本主義、市場経済とプロレタリア独裁が両立するなんて。呆れて言葉もないね。いや、プロレタリア独裁ではなく、党の独裁なのか。

まあ、現実は理論通りにいかないことを一番、良く知っているのはこの俺かもな。何でも「社会主義市場経済」と言うらしい。中国では。社会主義に市場経済があるなんて、冗談みたいな話だ、という気がするがね。

戦後のソ連は敵だとチャーチルは認識していた

日本は、勝算があってあの戦争を始めたのだろうか。ドイツのように、キチガイが指導していたわけではなかったようだから、合理的な計算、分析をする力は残っていたのだろうが、良く分からない。

日清、日露戦争に勝っていい気になっていたのだろうし、朝鮮人、中国人にいわれのない蔑視、優越意識を持っていたのだろうが、それが中国で、ずるずると戦線を拡大し、泥沼に入った原因なのだろうか。

真珠湾攻撃は、太平洋での制海権を確保して、2年以内に米国と和平にこぎつけるつもりだった、と言われていたが、それなら、南方での戦線拡大は何のためだったのか。石油資源確保などと言っていたようだったが。

反共意識の特に強い国で、中国戦線から、わが国に攻め込んで、俺の政権を崩壊させよう、と唱えていた連中もいたようだが、正気の沙汰とは思えない。日本からモスクワまでは1万3000キロもあるのだ。

日本の反共意識はどうしてあんなに強かったのかな。戦前の日本は、ロシア革命前のわが国と同様、貧富の差が極端に大きかったのに、社会主義者、コミュニストが大きな勢力になったことは一度もなかった。

日本のコミュニストがわが国にやってきたり、コミンテルンも日本革命のための指導をしていたが、本音では、誰もこの国で革命など起きっこない、と思っていた。

ルーズベルトは、どう思っていたのか。中国での日本軍の跳梁を苦々しく思ってはいたろうし、蒋介石とその女房の宋美齢の支援要請には、何とか答えてやろう、とは思っていたろうが。フィリピンから追い出されてオーストラリアに逃げたマッカーサーの面子をいつか立ててやろう、とも思っていたろうが。それとも、野心家のマッカーサーは嫌いだったのだろうか。

まあ、俺もそうだが、欧州情勢で頭がいっぱいで、イギリスを助けないと、ドイツに席捲されてしまう、という危機感は強かったろう。参戦したくない、という国民の機運を覆すために、真珠湾を利用したのだろう。

ヒトラーは、英国も征服できなかったのに、わがソ連に挑んで来たのが、最大の失敗だ。我々は、別にあの時点で、ヒトラーとことを構えるつもりはなかったのに。

異常な反共主義、反ボルシェビキ思想に凝り固まっていたせいだろう。まあ、狂人だから、何を考えていたのかは理解できないのだが。せっかく、あいつの負担を軽くしてやろう、と、独ソ不可侵条約を結んでやったのに。

もっとも、こちらも時間稼ぎをして、いずれぶつかるドイツに備えるつもりだったのだが。ちょっと、赤軍の粛清をやり過ぎて、軍がガタガタだったし。

トゥハチェフスキーが俺を倒して、権力奪取をしようとしている、という話は、ハイドリッヒの謀略だったようだな。クソ、あの「金髪の悪魔」め。まんまとはめられてしまったな。

しかし、トゥハチェフスキーは赤軍のスーパースターだっただけでなく、国民にも人気があったので、「俺のライバルになりかねない」といつか排除してやろう、と思っていたのは確かだ。

ハイドリッヒにそこを見抜かれてしまった。あいつはナチスでは一番の切れ者で、要注意だった。幸いレジスタンスの暗殺部隊が仕留めてくれたが。対フィンランド戦の「事実上の敗北」もあって、俺は１９４０年５月に赤軍幹部の大幅な人事異動を行った。ティモシェンコをトップの国防人民委員に据え、参謀総長はメレツコフにした。ヴォロシーロフとシャポシニーコフを降格したのだ。８月には党が軍を「監視」するための政治将校（コミッサール＝軍政治委員）の軍事作戦への発言権を取り上げ、軍人に一本化して「単独責任制」を強化した。この変更は、俺から見るとリスクもあったが、戦場で「指揮命令系統」がふたつに分裂していては戦闘はできない。この改革は正しかったし、成果を上げた。

ただ、トゥハチェフスキーらの粛正はやはりダメージが大きかったし、ロシア革命での反革命軍（白軍）との内戦の経験しかなく、国家同士の本格的な戦争を体験していなかった俺には、参謀本部とか諜報（情報）機関のあり方、交戦国の軍事情報の集め方などについては、知識も経験も不足していた。

フィンランド戦で、こういう俺の「欠陥」を痛感させられ、これを一定程度是正するまでは、ヒトラー・ドイツ国防軍との全面衝突はできるだけ「先延ばし」しようと決意した。チェコスロバキア、ポーランド問題で俺が、イギリスのチェンバレン同様に、ヒトラーに「融和的な姿勢」を取った大きな理由は、ここにあった。もちろんヒトラーの侵略、領土拡張の「飽くなき野望」については、重々、知っていたのだが。

しかし、こういう「妥協的な態度」が、ヒトラーの「初期の政治成功」をもたらし、あいつが「俺は全能だ」とうぬぼれて、フランスやベルギーに攻め込み、最後はわが国にも攻め込むことにつながったのだから、この「融和的な対応」はやはり、間違いだったのだろう。ヒトラーに比べ、我々は「戦争への準備」が圧倒的に遅れていたのだ。

ヒトラーは結局、何がやりたかったのだろうか。「狂人の帝国」を作りたかったのか。俺とヒトラーが似ている、という人がいるが、全然、的外れだ。俺はリアリストだ。ユダヤ人絶滅なんて考えたこともない。出来ることと出来ないことの違いは分かっている。まあ、リアリスト過ぎたかも知れないが。

ルーズベルトもアメリカ自身も第二次大戦が始まるまでは、自分の実力によく気がついていなかったのではないかな。歴史の新しい国だし。チャーチルを助けて、ヒトラーを破って初めて、自分たちの国が「世界帝国」であることを自覚したのではなかったろうか。

だから、戦後の世界をどうするかについて、ドイツと日本が降伏する直前まで、はっきりした見通し、ビジョンを持っていなかったのだろう、と思う。というか、世界全部の面倒を見る気などなかったのだろう。「そんなこと、面倒くさくてやれない」というのが本音だったろう。ヤルタ会談では、その「弱気」を突いて、ポーランドなどをわが陣営に組み込んでやったが。

チャーチルは、アナクロではあったが、もっとはっきりした見通しを持っていた。わがソ連、共産圏が戦後の敵だ、とはっきり認識していた。ヒトラーがあれほど無茶苦茶な男でなければ、本当はチャーチルはヒトラーとも組んで、ボルシェビキ政権をまず倒したかったのだろう、と思う。

どうしてあんなにコミュニズムを嫌ったのか。英国王室の伝統なのか。世界に冠たる大英帝国を守ろう、としたのか。貴族の考えることは分からない。俺の周りには貴族などいなかったからな。俺も革命家にならなければ、今でもグルジアで靴屋でもやっていたろう。それとも、戦争に従軍してとっくに戦死していたか。

こんな、どこの馬の骨だか分からない奴の相手をさせられて、チャーチルは心底、うんざりしていたろう。その気持ちだけは分かる気がする。俺が逆の立場でもうんざりしたろうからな。

しかし、もちろん、兄弟国と言っても、米国に大きな借りを作った英国は、戦後世界のドンにはなれなかった。ドイツも含め、ヨーロッパは没落し始めた。わがソ連も戦争の犠牲が大き過ぎた。結局、当初は戦争に巻き込まれまい、としていた米国が世界を支配する時代が来てしまった。何しろ、自分の国土で戦うことはなかったし、一般国民が戦死することもなかった国だ。

ドイツ国防軍のヒトラー暗殺計画が続発した

原爆と水爆開発にソ連がすぐに追いついたのはショックだったようだが、圧倒的な軍事力と経済力の前に歯向かう国はなかった。ソ連も、つまり俺も、虚勢は張ったが、米国に勝てる、打倒できるなんて一度も思ったことはなかった。

おまけに、ルーズベルトよりは8年、長生きしたが、俺も、戦争の指導などで、くたびれてしまい、１９５３年にこの世とおさらばしてしまった。「牛より頑健」と言われているグルジア人のこの俺だったが、75年の生涯だった。まあ、１９２４年にレーニンが死んで以降、ずっとソ連の指導者だったのだから、くたびれるわな。

それにしても、ヒトラーが独ソ不可侵条約を破って、攻め込んで来た時はさすがに少し驚いた。まあ、あの条約自身、双方の戦争体制構築のためのマヌーバーであることは、俺もヒトラーも重々、分かっていたし、ヒトラーがわが国に攻め込む、という情報も、ゾルゲを始め、色んな連中から届いていたのだが。

それでも、ヒトラーが「二正面作戦」に踏み切るとは思わなかった。あいつはナポレオンのモスクワ侵攻の記録をよく調べていた、と聞いていたし。

英国征服のメドが立たなくなって焦ったのかな。いつも、戦線を拡大していないと、国民の支持が持続しない、と思っていたのか。

まあ、「我が闘争」を書いた頃から、ユダヤ人と並んで、コミュニズムを「不倶戴天の敵」だと公言していたから、ソ連に攻め込み、俺を打倒して、モスクワを占領したい、とは政権に就く前からずっと思っていたのだろう。あいつがコミュニズムについて、何を知っていたのかは分からないが。

レーニンの著作の一部は読んだことがあったのかな。チャーチルは、俺もヒトラーも共倒れになることを秘かに期待していたのではなかったろうか。しかし、ヒトラーを股裂きにするためには、ルーズベルトにソ連支援を進言するしかなかったのだ。

東部戦線の進撃が止まってからは、ヒトラーは、焦りからか正常な判断力を失ったようで、ドイツ国防軍によるヒトラー暗殺計画も続発し始めたな。ロンメルを処刑したと聞いて、俺はヒトラーも終わりだ、と思った。

惜しかったのは、１９４４年7月のシュタウフェンベルグのヒトラー暗殺計画、そうワルキューレ作戦だ。あと一歩だったな。しかし、国防軍のスパイマスターで、ハイドリッヒやヒムラーの最大のライバルだったカナリス提督まで処刑するとはな。

スターリングラードでの、わが赤軍と人民の頑張りは本当にすごかった。ドイツ軍が撤退し始めて、「これでナチスに勝ったな」と俺は確信した。米英が何だかんだと言って、ヨーロッパへの再上陸を遅らせていたのは気に食わなかったが。

左翼の失敗は米国に十分注目しなかったことにある

日本については、ルーズベルトはともかく、チャーチルはどうするつもりだったのか。貴族好きのチャーチルは、日本の王政にも共感を寄せても良さそうなものだが。まあ、黄色人種では話にならない、ということだったのか。対日戦争にほとんど何の貢献もしなかったため、発言権がない、と思っていたのか。

日本の王政も良く分からなかったな。封建制から近代資本主義に移行する時に、天皇と言う王を担ぎ出すというのは、パラドックスそのものだ。ルイ16世を担いで、フランス革命を起こしたり、ニコライ2世を担いでロシア革命を起こしたりするようなものだ。まあ、こういう後発資本主義国では、「不可解なねじれ」も必要なのだろう。「ギリシャ・ローマに還れ」がスローガンだったルネサンスみたいなものだったのか。

だから、日本の「天皇制」（と言うらしい）については、絶対主義君主で、封建体制を倒した明治維新という革命は絶対主義革命だ、と言う説と、封建遺制と近代ブルジョワジーの双方に権力基盤を置く「中途半端なブルジョワ革命だ」という説が対立していたようだったな。ボナパルティズム権力だ、という説もあったそうだが。

コミンテルンが、天皇制についての見解を示し、日本のコミュニストの間では「32年テーゼ」と言われていたようだったが、あれはどういう見解だったかな。忘れてしまった。クーシネンに書かせたのだったが。当時は対処すべき課題が多過ぎて、とても、革命など起きそうもない日本のことまで気が回らなかったのだ。

聞くところによると、中国も、共産党独裁のまま、高度資本主義になったとか。そんなことが可能なのか。日本が君主をかついで、封建制を倒したのと似たような「理論的には有り得ない」話だ。だが、現実はいつもそんなものだ。トロツキーがダメなのは、いつも、理論優先だったからだ。

レーニンが生きていたら、ヒトラー、ナチスドイツにどう対処していたかな。

ヒトラーが登場する前に、ドイツ革命を実現していたかな。まあ俺やコミンテルンの対応は確かにまずかった。ファシズムの分析と、「社会ファシズム論」や「統一戦線戦術」「社民主要打撃論」が混乱を助長するだけだったのかな。

しかし、ローザ・ルクセンブルグとカール・リープクネヒトはもう少し、力があると思っていたのだが。あそこで、共産党左派が粉砕されてしまったのが、その後のドイツでの階級闘争をとても困難なものにした。だから、ナチスの台頭を防げなかった。

まあ、俺も「全能の神」ではないし、レーニンに比べて、先見性、階級情の分析力ははるかに劣るからな。

しかし、トロツキーでは、党組織を運営できなかったし。俺ではなく、トロツキーが革命政権を担っても結局、第二次世界大戦になだれ込むしかなかったのだろう。

何度か、ヒトラーに負けた、と思ったことはあったが、俺の方があいつより運が強かった、と見えて、結局、あいつが歴史のクズ籠に放り込まれてしまった。

聞くところによると、1990年代初頭に、わが祖国や、東欧諸国の社会主義体制は崩壊して、資本主義、自由主義の国に変わったようだ。俺がヤルタ・ポツダム会談で、ルーズベルト、トルーマン、チャーチルから苦心惨憺して召し上げたわが陣営は消滅してしまったらしい。まあしかし、俺の死後、40年近く経ってから起きたことまでは、責任は持てない。

俺が粛清をやり過ぎたのがこの崩壊の原因だ、という説もあるようだ。そうかも知れない。今となっては、俺にもどうしてあんなに粛清をしてしまったのか、俺自身、分からないところもある。「何を無責任な」と言われるかも知れないが。

どうも、競争原理の方が計画経済より、経済の発展や科学技術の進歩には、適しているようだ。これは、俺が全く考えなかったことだ。レーニンもトロツキーも、マルクス、エンゲルスも考えなかったことだろう。

しかし、21世紀に入って、自由競争原理も、行き詰まりが顕在化してきているようだ。過剰生産の矛盾はやはり致命的なようだ。

まあ、20世紀前半の左翼の失敗は、米国に十分、注目せず、解析しなかったことだろう。トロツキーは、米国が今後の世界の階級闘争のカギを握っている国だ、と書いていたことがあったようだが、俺は読んでいない。

何と言っても、我々の関心はヨーロッパ諸国にあった。それは仕方がない。

産業革命以前から、何度も何度も戦争をしてきた国同士だし、かっては、それぞれの国の国王同士が親戚だった。ロシアにとっても、プロシア、ドイツはずっと宿敵だったし。

ナポレオンはモスクワまで攻め込んで来た。クリミア戦争、第一次大戦では、イギリスの力も戦争の行方を大きく左右した。マルクスは、イギリスの資本主義を研究して、資本論を書いた。米国がわが国に関わったのは、第二次世界大戦からだ。もちろん、アーマッド・ハマーのように、レーニンの時代にわが国に関わった米国人も少しはいたが。俺は英語が出来ないので、直接、米国の文献や情報を読むことは出来なかったし。

トゥハチェフスキーを粛清したのは大失敗だった

俺のボルシェビキ同士の粛清については、批判があるのは当然だ。殺し過ぎた。トロツキー、ジノヴィエフ、カーメネフの粛清は、彼らが生き延びていたら、俺が消されていただろうから、止むを得なかった。トロツキーは俺よりずっと優秀な理論家で、教養もあり、外国語も出来、マルクス主義理論家としても、職業革命家の実践者としても卓越していた。赤軍を作ったのも彼だし。レーニンに匹敵していた。

しかし、天才にありがちな、人を見下すようなところや、官僚的な能力には難があった。俺はその弱点を突いたわけだ。ユダヤ人ということで、彼を嫌う古参ボルシェビキはけっこういた。

ジノヴィエフとカーメネフは、能力は俺より劣ったが、古くからのボルジジェビキで、レーニンと付き合いが長かった。ふたりともトロツキーを怖れていて、いったんは俺と手を組んで、トロツキーを排除したが、特にジノヴィエフは、俺を押しのけてトップになりたがった。

ブハーリンはやはり、理論家としては俺より上だったが、政治的リーダーの資質はほとんどなかったな。キーロフは俺が殺したわけではない。良く分からない事件だったな。当時、ベリアが秘密警察のボスなら、もう少し、真相が分かったのかも知れないが。犯人は精神異常だったのか、レニングラードの党組織内部の暗闘だったのか。もしかすると本当、にトロツキストが絡んでいたのかな。

まあ、トロツキストを追い詰める絶好のチャンスとなったので、真相はともかく、大いに利用させてもらったが。俺にはとてもラッキーな出来事だった。

その後は、俺も権力を弄ぶ面白さに溺れて、必要もない粛清も随分してしまったが、俺の側近が手柄争いのために、勝手に「反革命」をデッチ上げたケースも多いな。

ヒトラーがドイツで台頭していく中で、俺も疑心暗鬼になったこともある。イギリスは、ずっと俺の政権を覆そうと画策していたし、ウクライナの民族主義者を支援していたし。チャーチルの「王室好き」にも閉口した。ナチス好きの国王もいたし。

トゥハチェフスキーら赤軍首脳を粛清したのは大失敗だった。クーデター計画がある、というデマに騙された。しかも、それが、あのハイドリッヒの画策だったとは。おかげで、独ソ戦の序盤では負け続け、俺も「ヒトラーがロシアを支配するのか」と思ったほどだった。ルーズベルトの支援がなければ勝てなかったろう。

というか、本当は、俺の過剰な自己防衛本能の結果だったのだ。ヒトラーが戦争を仕掛けて来そうだったし、俺には、当時、完全に勝てる自信がなかった。戦争指導の失敗、敗戦で、指導者に牙を剝くのは、まず軍部だ。

ロシア革命以来の「軍の英雄」で、軍部内の人気も高かったトゥハチェフスキーが、俺の寝首を掻く最有力候補だ、と思ったのだ。ついでに、やはり、独自性のある国防軍幹部も粛清した。上、つまり俺の言うことに忠実に従う軍首脳だけを残した。

おかげで、「国防軍のクーデタ」の心配はなくなったが、「優れた軍人」「独創性のある指導、戦略・戦術を考えられる軍指導者」もいなくなった。これが、独ソ戦序盤でのソ連の苦戦の理由だ。ティモシェンコとジューコフだけが、「優れた軍人」だった。

しかし、戦線が延び過ぎたドイツ軍は、ロジスティックスが破綻し、進撃スピードが衰えて、冬将軍に遭遇した。ナポレオンと同じ目に逢ったのだ。「電撃戦」という新しい攻撃方法で、フランスなどを陥落させたところまでは良かったが、

はるかに遠いモスクワに攻め込もう、としたのは元来、無理だったのだ。勝ち続けないと、国民の支持を失う、というヒトラー政権の独特の性格もあったろう。

もともと、占領後にその占領地と住民をどうするのか、についてはほとんど、何のビジョンも持っていない、というのも、ヒトラーの「戦争の仕方」の特徴だった。「絶えず戦争をして

領土を拡張する」ということが自己目的化していた。止まると倒れるコマか自転車みたいな政権だった。だから、「千年王国」なんて「夢のまた夢」だったのだ。

日本への原爆投下は俺への恫喝のためだった

原爆か。わが国にも、ヨッフェ、ランダウやクルチャトフ、サハロフ、カピッツァらの天才物理学者がいたが、彼らは、自由を好み、ボルシェビキ党の指導に従うつもりはあまりなかった。トロツキストの物理学者もいたし、ガモフは米国に逃げ、カピッツァも、英国の天才、ポール・ディラックを頼って、国外脱出を企てていた。

彼らの監視をやらせたベリヤがひどく嫌われていたことも、彼らの心を引き付ける上で、大きな障害だった。俺の「弁証法的唯物論」が嫌がられたせいもある。

俺は、自然科学には詳しくない。何でも分かる「天才」のイメージを保つために、エンゲルスの「自然弁証法」をネタ本にして書いただけで、自信があった著作ではない。あんなもの書かなければ良かった。

米国の原爆開発も、元々は、量子力学の開祖のデンマーク人物理学者、ニールス・ボーアが、愛弟子でやはり天才だったウェルナー・ハイゼンベルグが、ドイツを脱出せず、ヒトラー政権の元に留まっていたため、「ハイゼンベルグの頭脳なら、原爆を作れる」と憂慮して、アインシュタインに、「ナチスが原爆を作るかも知れない。それより先に、連合国側、つまり米国が原爆を手にする必要がある」とルーズベルト宛ての手紙を書かせたのが発端だそうな。

しかし、ナチスはウラン濃縮技術が未開発で、しかもハイゼンベルグは原爆開発にそうコミットしてていたわけではなく、ボーアの「過剰な心配」だったようだ。一種の勘違いから、「究極の兵器」が出来たというのも、なかなか「神も意地悪だ」という気はするね。

まあ、しかし、ヒトラーに先に原爆を握らせたら、世界は滅んでいたし、ロンドンかモスクワ、レニングラードが、長崎、広島より先に被爆地になっていたかも知れないな。

マンハッタン計画も立てたのは、ハンガリー人のレオ・シラード。関わったフォン・ノイマンもエンリコ・フェルミもアメリカ人ではない。こういうところが、多民族国家のアメリカの強さなのだろう。

そう言えば、俺の宿敵だったトロツキーが、世界で最初に「原子力が石炭や石油に代わるエネルギー源になるだろう」と言った男らしいな。

1926年の著作「文化革命論」の中で、トロツキーは「放射能の諸現象は、原子内のエネルギーの解放という問題に我々を連れて行く。原子は、全一的なものとして、強力な隠されたエネルギーによって保たれているのであり、物理学の最大の課題は、このエネルギーを汲み出し、隠されているエネルギーが泉のように噴出するように、栓を開くことにある。そのとき、石炭や石油を原子エネルギーに取替え、それを基本的動力とする可能性が開かれてくるのだ。この課題はまったく望みなきにあらずだ。だがこれは何という展望を開いていることだろうか！この一事からして、科学・技術的知識が大転換に近づいており、人間社会の発展における革命の時代は物質の認識やその獲得の領域における革命の時代と合致しているのだ、と主張することができる。解放された人類のまえには無限の技術的可能性が開かれているのだ」と言っている。

全くあいつはとんでもなく頭がいい奴だった。革命の最中にどこでこんな知識を得たのか。俺がこんなことを言うと、皆、呆れて倒卒しかねないだろうが、ロシアのためには、トロツキーがレーニンの後を継いだ方がずっと良かったろう。それくらいのことは俺も分かっていた。頭の出来もずっと上だった。ドイツ革命を成功させ、ヒトラーなど登場しないように出来たかも知れない。あいつなら。

しかし、俺やジノヴィエフ、カーメネフも生き延びなければならなかった。トロツキーがソ連の最高権力者になれば、俺らは追放されていたろう。俺も革命のために命を賭けて、銀行強盗までして、流刑にもなった。俺にも権力を目指す資格はあった。

そして、皮肉なことに、俺が勝ち残った。本当に「歴史の神」は皮肉屋だが、これも「歴史の狡知」というやつだ。トロツキーには、「歴史の女神」は微笑まず、後は「両雄並び立たず」というわけさ。

話が逸れた。マンハッタン計画だったな。あれだけのプロジェクトをよく秘密にしていたものだ。アメリカ人は、陽気でおしゃべりというが、そうでもないな。

ポツダム会談のちょっと前から、米国がしきりに色んなチャンネルを使って、わが国の対日参戦がいつになるのか、を探り出した。あまりに執拗なので、俺も変に思ったが、ある時、ハタと気づいた。

「そうか、噂の新型爆弾が完成して、日本に投下するつもりなのだな。わが赤軍が日本国内に進駐した後だと、赤軍兵士も倒れる可能性があって、大問題になる、と思って、その前に投下しようとしているのだな」と。

原子爆弾については、当時は俺はそんなに詳しくはなかった。しかし、途方もない破壊力を持つ事は知っていた。ベリヤの話では、マンハッタン計画に参加している科学者の中にも、コミュニストもいるし、この戦争が終了した後の世界のことを考えると、アメリカだけが原爆を独占しているのは望ましい事態ではない、と考えている奴もいたそうな。

そこで、さっそく、そういう奴を釣り上げて、原爆製造の秘密を入手するように指示し、クルチャトフらにも、わが国の原爆開発計画のピッチを上げるように指示した。

そもそも、米英は、ヒトラーにモスクワを占領させるわけにはいかなかったが、わが赤軍の頑張りで、ドイツの敗北が見えてきた時期からは、我々を疲弊させ、戦後世界で、力を発揮できないようにしよう、としていた節がある。特にチャーチルは。

大して必要もなさそうだった北アフリカ戦線に英軍を投入して、ロンメルとモントゴメリーが死闘を演じ、ヨーロッパ大陸への米英軍の再上陸になかなか着手しなかった。

欧州大陸への米英軍の再上陸が遅れることについては、色々ともっともらしい理由を挙げていたが、どうでもいい話ばかりだった。

やっと腰を上げたのがノルマンディ作戦だった。

もっともそのおかげで、わが赤軍が先にベルリンに攻め込み、ヒトラーの遺体を見つけた。ドイツ分割とポーランドの国境線を欧州側に押し上げることをルーズベルトとチャーチルに呑ませることが出来たのは、この「ベルリン先駆け」のおかげだったが。

全くチャーチルというのはふざけた野郎だ。2000万人もの犠牲者を出しながら、ドイツ軍をドイツ領内に押し戻したのは、わが赤軍だぞ。

広島と長崎に原爆を投下したのも、トルーマンや米軍首脳は当時は、「沖縄戦で日本軍の抵抗が予想外に強く、本土上陸を敢行したら、米兵に100万人以上の犠牲が出るため、日本の戦意を決定的に打ち砕こうとしたのだ」と説明していたが、真っ赤な嘘だった。

日本の無条件降伏は必至、と見ていたのだ。大した犠牲もなく、日本を占領できると思っていたのだ。決め兼ねていたのは、天皇の扱いだけだったのだ。

原爆投下は、だから、俺への牽制、恫喝のためだったのだ。だから、俺もベリヤを叱咤激励して、49年には原爆を完成させ、米国民の度肝を抜いてやった。水爆など、米国に遅れること

１年半で完成させてやった。これで、核兵器は「抑止力」としての意味しかなくなってしまった。米国はパニックになって、原爆開発のリーダーだったオッペンハイマーを「コミュニストだった」と吊るし上げたり、ローゼンバーグ夫妻を死刑にしたり、遂には、かの「赤狩り」という集団ヒステリーを起こしてしまった。自由主義と胸を張っていても、この程度のものだったのだ。

そうそう、大日本帝国の話だったな。さすがに時々、頭が混乱するわい。歳には勝てない。あの奇妙な国は、あの戦争で何を得よう、としていたのだろうか。昭和天皇は「石油、石油だ」と戦後の回想録で言っていたようだったが。

「大東亜共栄圏」「八紘一宇」「五族協和」なんてスローガンで、何か出来る、と思っていたのか。島国で長いこと鎖国をしていたので、外国、異民族との付き合い方が分からなかったのか。あんな稚拙な連中に植民地経営など出来た筈もないし。俺も民族問題では、本当に苦労した。うまい解決方法がないのだ。民族問題には。

なぜなら、民族問題は、歴史そのもので、解きほぐせないのだ。

後進国が、資本主義化に成功して、植民地にもならずに済み、日清、日露の戦争に偶然もあって勝っていい気になっていた、という面はあるのだろう。

戦争で何をどうしよう、という構想もないまま、出たとこ勝負だったような気もする。あのまま、野放図に、東アジア、東南アジアを支配していたらどうなっていたのだろうか。まあ、間違いなく、中国は支配し続けられなかったろうが。

歴史はつまるところ縺れた糸のようなものだ

まあ、歴史というのは本当に良く分からない。ある時期、歴史を決める一方の当事者だった俺からみてもそうだ。

ヒトラーが、レーニンの組織論や、俺の粛清のやり方を学んでいた、というのは本当らしい。ナチズムもボルシェビズムも、民主主義ではないし、全体主義だからな。

しかし、根本的に違うところもある。レーニンや俺は、オカルティスト、神秘主義者では全くないし、ヒトラーのように、ワグナーを聴いて神がかったこともない。オカルティストの視線は、半分は「彼岸」に向いているから、何をしようとしていたのかは、普通の人間には分からない。

「千年王国」「超人（イーバーメンシュ）」—何のことやら。ヒトラーが登場した背景は、第一次世界大戦でのドイツの敗北による膨大な戦後賠償、それによるワイマール共和国の国家破産と混乱で、これは、マルクス主義のファシズム論で解明されている。

しかし、ああいう狂人が最高指導者になり、第二次大戦に突っ込んでいった本当の理由は、今でも俺には良く分からない。勤勉で頭のいいドイツ人が、あの狂人の戯言を本当に信じていたのか。アーリア民族の優越性だの、ユダヤ人絶滅だのという「狂気のスローガン」を。

歴史は縺れた糸のようなものなので、日本のように、覇権国になる準備も能力も経験もない国が、覇権国を目指す形で、歴史に登場することがある。まあ「歴史の神の悪意」のようなものだ。ヘーゲル弁証法の「欄外」みたいな出来事だ。「世界精神」とは、縁もゆかりもない。

まあ、本来は東アジアの覇権国になるべきだった中国が、イギリスの植民地政策で、ガタガタにされて、独立国の体をなしていなかったから、島国で、民族問題がなく、アジアではいちち早く中央集権国家を作れた日本が、本来なら中国の勢力圏になるべき地域を簒奪した、ということなのかな。

レーニンの「帝国主義戦争を内乱へ」のテーゼは、ドイツやロシアだけでなく、中国にも当てはまったのだと思うが、軍閥割拠で、中央政府が存在しなかった中国には革命勢力がいなかったのかな。俺もコミンテルンも、プロレタリア革命の「定式」に拘り過ぎて、都市労働者の組織化と蜂起を追及し過ぎたな。いや、トロツキーですらそうだった。

農民ゲリラに依拠した毛沢東のグループをもっと早い段階で重視すべきだった。しかし「労農民主独裁」の可能性すらなかったのだから、マルクス主義者として、中国での革命を目指すのは、とても困難だった。ドイツ農民戦争みたいな出来事を第一次世界大戦の後に評価し、歴史的に位置づけるのはとても難しかったのだ。レーニンが長生きしていたら、毛沢東をどう評価しただろう。

では、米国は、世界をどうしようとしていたのか。真珠湾での日本軍の奇襲を食らうまで、米国が世界規模の戦争にコミットする気はなかった。「モンロー主義」だったのだ。もっとも、中国本土や東南アジアでの日本の覇権伸長は封じ込めようとしていたのだから、完全なモンロー主義だったとは言えないだろうが。

このモンロー主義も、第一次世界大戦を無傷で潜り抜けて、1920年代に未曾有の繁栄をした米国の経済の反映だった。しかし、29年恐慌で、この繁栄もいったん、頓挫したが。マルクス主義者は、この恐慌で、マルクス理論の正しさを再確認した。まあ、コミンテルンの「資本主義の全般的危機」論は、ちょっと大雑把過ぎたが。

米国の最大の「スローガン」は「自由」だ。共産主義への対抗意識ももちろんあったが、何より、20年代前半の経済繁栄が「自由」を唱える自信の根拠だったのだろう。キリスト教的布教・啓蒙精神もそこに反映していたろう。

しかし、「経済的自由」と「政治的自由」は同じではない。経済的自由は、自由競争原理、小さな政府を意味するだろう。こういう立場が一番、優れている、という米国の信念は、やはり、第一次世界大戦後の「未曾有の繁栄」実現の自信から来ているのだろう。

「政治的自由」は、これとは何の関係もない。そもそも、経済的繁栄が土台になければ、政治的自由など実現できないし、階級社会では、資本家以外には、「真の自由」などない。しかし、「自由」というスローガンは、誰にも分かり易いので、米国はずっとこのスローガンを自国の優位性、特にソ連への優位性の根拠として使ってきた。

しかし、聞くところによると、ソ連や東欧圏が崩壊し、資本の剥き出しの横暴さにブレーキをかけるファクターがなくなった途端に、怪しげな金融工学なるものが隆盛を極め、生産過程でなく、投資や会社の買収に投資をして、利益を上げる傾向が極限まで強まったらしい。レーニンが言った「帝国主義の不朽性」の極限化だったようだ。そうして、29年恐慌にも似た「リーマンショック」と言うのが起きて、また、マルクスやレーニンが見直されているらしい。「天網恢々」ということなのかな。

それでも米国は、マーシャルプランなど戦後復興に矢継ぎ早に手を打った。天才的な指導者が引っ張るわけではなく、集団で当面する問題を解決していく米国のこのやり方はなかなか大したものだ。

4年に1回、大統領が選挙を迎えるような政治システムで、どうして安定的な政策運営が出来るのか、と疑問に思っていたが。まあ、さすがに第二次大戦中は、ルーズベルトは4期も大統領職にあったが。戦争が終わったら、この特例措置はまた、廃止してしまったらしい。指導者の任期を限定するのは、米国の創始者のジョージ・ワシントンの遺訓だとか。

ウクライナの百姓のフルシチョフは意外と強靭

ソ連でも、もう少し、パワフルな政策集団を作っておけば良かった。トロッキー一派に勝つ必要があって、独裁制、厳しい粛清を行ったが、これで、俺の側近は、自分の頭でモノを考えるのを止めて、ひたすら、俺の顔色を伺うようになってしまった。何から何まで、俺が決定しなければならなくなった。「絶対的な支配者」になるのは気分はいいが、集団の英知は発揮できない。官僚どもの自発性、思考力もなくなってしまう。まあ、俺の失敗のせいだから、自業自得だが、米国の「政策集団、頭脳集団が下から計画を上げて来る」というシステムはうらやましかった。

英国の植民地から独立し、自分たちで国を作り上げて来た米国の国民と、ツァーリの独裁に喘ぎ続けてきた農奴が大半だったロシアとの違いかもな。

レーニンは、知識人が、大衆に階級意識を吹き込む外部注入論を軸にボルシェビキ前衛党を作って、ロシア革命を成功させたが、この方法では、大衆が自発性、思考能力を持つ事は出来なかったのかも知れない。俺の晩年には、俺は神にまで祭り上げられてしまっていたからな。賛美されるのはいいが、どんどん歳を取って行くのに、いつまでも、あらゆることを俺が裁断するというのは堪らない。

まあ、ベリヤはちょっと気の毒だったな。俺の死後、半年ほどで失脚して殺されてしまったらしい。もともと、オプロイテのスパイだったし、信用出来ない男だったが、それでも、強い権力欲をうまく刺激して、スパイマスターと秘密警察長官として使ったら、死に者狂いで働いた。モラルのない冷血漢だったから、政敵の粛清には適役だった。

第二次大戦が終わった頃からは、一日も早い俺の死をひたすら望んでいたみたいだったが。ベリヤが俺を暗殺した、なんて言っている連中がいたが、そんなことはない。そんな勇気はあいつにはなかった。俺は病死したのだ。29年間もこの国のトップにいたら、いかに頑健な俺でも参ってしまったのだよ。

まあ、あれだけ粛清をしたのに、俺の死後も権勢を振るえると思ったところは、ベリヤも甘かったが。俺あってのベリヤだったのだから。庇護者がいなくなれば、庇護されていた者の運命も暗転するのは当然だ。「狡徒死して、走狗煮らるる」だ。

まあ、フルシチョフやマレンコフ、ブルガーニンらがベリヤを怖れ過ぎていたことが致命傷だった。秘密警察の長官が、信頼できる仲間を作ることが出来なかったのは当然だがな。軍人のジューコフまで、フルシチョフに取り込まれていたのだから、ベリヤに打つ手はなかったろう。俺が後継者に指名してやれば、話は別だったかも知れないが。

まあ、それにしても、あのウクライナの百姓のフルシチョフは、思ったより強靭で凶暴な奴だったな。

あの怪物ベリヤを楽々と刺止めたのだから。俺ももう少し、長生きしていても、ベリヤでなく、フルシチョフに消されていたかも知れないな。スターリングラードでの死闘で、ドイツ軍を押し戻したのは、あいつの功績でもあるのだから、あいつが俺の次のソ連のボスになる資格は十分にあったわけだが。

キューバ問題で、ケネディとか言う若造とちょっとムキになって対決して、墓穴を掘ったのはあいつらしくはなかったが。ケネディの暗殺は、ソ連のキューバ問題での敗北の報復だったのではないかな。

フルシチョフに比べても、ベリヤに比べても、ずっと小物だったブレジネフが長いこと、その後のソ連のトップだったことが、せっかく、レーニンと俺が苦心惨憺して築いたこの国を崩壊させることにつながった。あんな奴、俺の生前には、スースロフほどにも目立たなかったのに。まあ、かってはトロツキーも俺のことをそう思っていただろうがね。

ああ、日本の話だったな。日本では、敗戦後、「なぜ戦争に負けたか」について分析した本が山ほど出版されたそうな。

しかし、日本人は哲学的思考が苦手なせいか、軍事戦略、軍隊の組織論、科学技術開発、産業構造、さらには統治機構の問題点を抉るものは腐るほど出版されたが、俺の見るところ、日本の本質的弱点であり、そのために太平洋戦争に負けた「哲学的、文明論的視点」は皆無のようだ。

具体的に言おう。天皇制を「錦の御旗」にした日本は、そのスローガンに何の普遍性もなく、同じアジア人の間でもほとんど何の共感も得られなかった、と言うことだ。文明論的分析がいるのだ。

そもそも、天皇制などは、明治維新という一種の革命を遂行し、封建遺制となって桎梏に成り下がった徳川幕藩体制を打倒するために、「歴史の屑籠」から、あわてて引っ張り出さなければならなかったスローガンらしいではないか。「万世一系」など全くのデッチ上げだとか。そもそも、天皇家の先祖は、日本人が馬鹿にしまくった朝鮮半島の出自らしいし。

そんなスローガンでは、「アジアの解放」など出来るわけもない。

俺もドイツとの戦争では、「大祖国戦争」を唱え、ピョートル１世やナポレオンを破ったボリス・ゴドノフまで持ち出して、国民のナショナリズム、愛国心を煽った。

もちろん、レーニンの「革命的祖国敗北主義」に反するカウツキーやプレハーノフの「第二インター」の路線だったことは百も承知の上でだ。階級闘争路線よりナショナリズムの方が国民の戦闘精神を引き出せる、と思ったのだ。だから、国内向けには、そういうスローガンも時には必要だが、天皇制などアジアの民衆には、何のことやら、何も分からなかったに違いない。

俺が無茶苦茶な粛清をやったにも拘わらず、少なくともフルシチョフの時代までは、「革命の祖国ソ連」への世界の人の尊崇の念が消滅しなかったのも、「マルクス・レーニン主義」の偉大さのせいだ。この時代までは、俺の粛清がまだ、完全には暴露されていなかったせいもあるが。

日本人には、このことが今でも良く分からないようだ。中国には「中国4000年」「世界文明の発祥の地のひとつ」という広く知られたキャッチフレーズがある。「万世一系の天皇制」では及びも就かない。つまり、日本（文明）は、後進なのだ。だから、アジア地域に限定しても、他国を嶺導するような「文明原理」は持っていない。

非白人国で最初に近代資本主義国家の建設に成功した、というのが、この国の最大の「勲章」だ。その自信とエルルギーが、中国を始めとする多のアジア諸国への蔑視につながり、「大東亜共栄圏」などという誇大妄想をもたらした。

どうして、日本が最初に資本主義化に成功したかは、諸説があるようだが、島国で国土も広くないため、封建時代とはいえ、中央集権国家が300年以上続いていたことと、識字率が高く、それなりの教育制度を持っていたことが大きかったらしい。

ずっと戦争（内乱）がなく、商業資本の蓄積と物流システムの整備が進んでいたことも大きかったようだ。しかし、「我々は、他のアジア無諸国とは違う」という自惚れが誇大妄想につながってしまったようだ。

何より、明治維新がブルジョワ市民革命ではなかったことが、天皇制という封建遺制を近代化の旗印にせざるを得ない、というねじれをもたらしてしまった。

もっとも、ロシア革命もブルジョワ市民革命を素通りして、プロレタリア革命を、実現したことで、革命後の経済社会建設の困難さに直面して、レーニンも俺も、さらに言うならトロツキーも俺も苦労したわけだが。ソ連の崩壊の真の原因も、ここにあるのかも知れない。

もっともあまりこう言うと、レーニンの帝国主義論も4月テーゼも間違いだった、ということになってしまうがな。ここは、とても難しい問題だ。英仏のようなヨーロッパの先進国を、後進資本主義国が一気に追い越して、逆転することは可能なのか、という問題だ。今の俺にも答えはないのだが。

第2章

米国の原爆開発とヤルタ会談の舞台裏

ウインストン・チャーチル（1874〜1965）

諜報の天才・ベリアがマンハッタン計画を報告

原爆開発は、最初は、国主導のプロジェクトでなかったところが面白いな。「究極兵器」の開発なのにな。

政治家が、核分裂の意味を理解できなかったためだろう。ヒトラーはむしろ、核兵器開発の足を引っ張った感じだし。

まあ、大学を出ていない独学者だし、地球空洞説だのといった「オカルト科学」に入れ込んでいた時期もあるし。原爆の意味を理解しろ、と言っても無理だったのだろうが。

ニールス・ボーアとは別に、ハンガリー系ユダヤ人物理学者のレオ・シラードは、ウランの核分裂を兵器化すれば、巨大な破壊力を発揮することに気づき、後にノーベル物理学賞を受賞したユージン・ウィグナーとともに、プリンストン高等研究所にいたアインシュタインを訪ねたらしい。

核分裂反応の巨大な破壊力を見抜いたアインシュタインは、ルーズベルトに手紙を出す。この手紙自身、実際にはシラードが書いたものらしい。ルーズベルトも、すぐに、ナチスが原爆を手にする危険性に気づき、米国が先に、原爆を実用化する決意をした。1939年10月のこと。ナチスドイツが、ポーランドに攻め込んで、第二次世界大戦の火蓋が切って落とされる1

カ月後のことだった。

ルーズベルトにどの程度の科学知識があったのかは知らない。大学を出た後、弁護士事務所で働いていたが、仕事熱心な男ではなかったらしい。まあ、あのローマ皇帝のような風貌が、大物に見せていただけなのだが。

もっとも、米国史上、唯一、4期（正確には3期と数カ月）も大統領をやったのだから、非凡ではあったのだろうが。英国にも原爆を開発する計画もあったようだが、ドイツとの戦争で財政的に逼迫し、ドイツ空軍の空襲も激しかったので、断念したようだった。

わが国はどうだったか。原爆開発が具体化したことは大戦前、大戦中はなかった。対独戦で手がいっぱいだったし、優秀な奴は、コミンテルンに投入していた。

そもそも、ヒトラーに似て、俺はグルジアの神学校を中退して、革命運動に身を投じたから、自然科学の勉強をキチンとしたことはない。ただ、弁証法的唯物論を「唯一の正しい世界観」としてきたし、そういう著作も書いたので、エンゲルスの「自然弁証法」は何度も読んだ。まあ、それが、俺の自然科学の基礎知識だ。量子力学については、ほとんど何も知らなかったが。

わが国にもランダウやカピッツァのような優れた物理学者もいたので、核分裂を人為的に起こせれば、途方もない兵器になるだろう、という話は俺も小耳に挟んだことはあった。しかし、ウランの濃縮など、実用兵器にするには、難問が山積している、と科学者たちは言っていたし、ヒトラーの奇襲をどう打ち破るか、で頭がいっぱいで、「究極兵器」の開発に思いを巡らせる時間はなかった。

ドイツの敗戦が確定的になった1944年になって、ベリヤが、「米国が原爆開発のために、マンハッタン計画という途方もないプロジェクトを立ち上げ、研究開発がかなり進んでいる」と言ってきて、「この問題へのわが国の対処を考えないとならないな」と思い出したが、ヤルタ会談でのトルーマン、チャーチルの言動から、米国の原爆開発が最終段階に来ている、という印象を抱いたのだ。

日本にこの原爆を投下するつもりだったと確信したわけではなかったが。原爆が、戦争後の世界にどういう影響をもたらすのかも、はっきりとは分からなかったが。この当時は。

日本は、原爆の研究はしていたらしいが、科学者のリーダーだった仁科という博士は、「日本が原爆を作れる」とは思っていなかったようだな。陸軍が、原爆開発に執着していたようだ。仁科博士は、むしろ、「年間1000万円」という原爆研究開発費を確保し続けるために、原爆開発に真剣に取り組んでいるようなフリをしていただけだったらしい。ウランの濃縮についても、間違った方法に拘泥していたようだった。

まあ、とにかく、ヒトラーが原爆の威力に気がつかず、開発に力を入れなかったのはラッキーだったな。

手に入れていたら、ロンドンとモスクワには投下しただろうし。ニューヨークとワシントンにも、ミサイルの弾頭に付けて、ブチ込んでいたろう。

戦争で何を手に入れたいのかすらはっきり分からない狂人、大量殺りくなど何とも思っていない狂人だったから、交戦相手国の最大都市を壊滅させるくらいのことは、平気でやったろう。壊滅した国を占領しても、どうしようもない、という常識すら働かない奴だったからな。

俺が米国側に、「ソ連は対日戦に踏み切るつもりだ」と最初に伝えたのは、1943年のルーズベルト、チャーチルとの「テヘラン会談」の1カ月前、モスクワで開かれた連合国外相会議の席だったと思う。相手は、コルディ・ハル国務長官。

「連合国が首尾良くドイツを打ち負かしたら、わが国は日本との戦争に参加する」と言ってやった。こんな話を聞けるとは思ってもいなかったハルは大変、喜んだ。

だから俺は、「この情報は、極秘情報として、ルーズベルト大統領に伝えていただいてもいい」とも言ったのだ。ただ、ハルはこの頃から、ルーズベルトの寵愛を失いつつあったようで、翌44年11月には国務長官を辞任したため、45年2月のヤルタ会談には出席していたかった。

米国から資金面で多大な援助を受けた俺の弱み

ヤルタ会談までは、俺は、対日参戦の見返りについては何も米英側には言わなかった。そして、我々の要求を正当化するために、「ソ連と日本は、今、交戦しなければならないような対立は抱えていない。あくまでも、日本の１日も早い降伏を実現し、米兵の犠牲を減らすために、協力するのだ。ただし、独ソ戦で膨大な犠牲を出したわが国民に、ドイツ降伏後に、日本との戦争に踏み切ることを納得させるには、それなりの見返りがいる」という主張をすることにした。

実は蒋介石の中国政府とは、別に、日本敗戦後の中国大陸の諸問題について、ずっと話し合ってきていた。我々は、外モンゴルに、モンゴル人の独立国家を作らせようとしていたが、蒋介石側はこれに激しく抵抗していた。日本の撤退後、どうなるか分らぬ中国との間に、緩衝地帯を置こう、としたのだ。

この交渉が妥結していないことは米国には内緒にしていた。米国も、わが国が、蒋介石と毛沢東、つまり国民党と共産党に対し、どういう対応をするつもりなのか、読みかねていたようだったからな。

しかし、どちらにせよ、きわどいタイミングだった。ヤルタ会談の時点で、米国の原爆開発がどこまで進展していたかは知らなかったが、実用兵器としての原爆が完成していれば、別に、わが国の対日参戦など米国からすれば全く必要なかったろう。

満州だけは、米軍も統治・管理しかねただろうから、日本の無条件降伏の際に、赤軍に駐屯してくれるよう頼んできた気はするが。

しかし、ルーズベルトは、ヤルタ会談の２カ月後に急死する。

トルーマンは、大統領に就任するまで、原爆開発について、何も知らなかった、と言われていたが、それはウソだ。44年にルーズベルトはマンハッタン計画の秘密文書をトルーマンに見せている。この時点で、トルーマンが原爆の威力、その戦略的意義をどこまで認識していたかは疑問だが。

5月8日にヒトラーがベルリンの地下壕で自殺し、ナチスドイツは降伏したが、この頃から、米英とわが国の溝が深まり出した。共通の敵、ドイツが崩壊し、日本も降伏間近だったため、資本主義の米英と共産主義（厳密には社会主義だが）のわが国との「本質的な違い」が徐々に露呈しつつあったのだ。

共産主義嫌いの権化だったチャーチルは早くも5月12日にトルーマンに宛てた手紙で「鉄のカーテンが降りつつあります。我々にはその背後で、何が起きつつあるのか、全然、分らないのです」と言っている。「冷戦」と並んで一世を風靡した「鉄のカーテン」という言葉は、早くも、日本の無条件降伏前に使われていたのだ。

我々にとっては、日本問題よりはるかに重要なポーランドの戦後処理でも、軋轢は強まる一方だった。

我々は最初から、ヤルタ会談で合意した「ポーランドに関する協定」、つまり、ルブリン臨時政府だけでなく、外国にいるポーランド人亡命者の代表や、ポーランド本国からも新しいメンバーを加えて、改めて「国民統一臨時政府」を作るつもりなどなかった。チャーチルとルーズベルトは、この点について、4月1日になって長い抗議文を俺に送ってきた。

そこで俺は、逆に、「モスクワの米英大使がルブリン政府を排して新しい政府を設立しようと画策している」と非難してやった。

ドイツについても、モロトフに「米英軍の代表とドイツ軍の代表が、ソ連の関知しないところで交渉を行っている。ドイツとの戦争を終息させるべく奮闘しているソ連の背後で、2週間に渡ってベルリンでは、ドイツ軍司令部の代表と米英軍司令部の代表との間で交渉が行われていた」と非難する声明を発表させた。

これは、ヒトラー政権の崩壊を察知したゲーリングやヒムラーらが、それぞれ勝手に米英軍と和平交渉を始めたものだったのだが、当時はそこまでは分っていなかった。戦争終了後、米英とどう付き合うか、については、まだ俺もトータルなプランはなかったが。何しろ、片付ける課題が山積していたし。しかし、膨大な犠牲を払って「ヒトラーの軍隊」を叩き破ったわが国の権益は一歩だに、米英に譲るつもりはなかった。まあ、米国に資金面、物資面で多大な支援をしてもらった、という弱みはあったが。ルーズベルトが死んだので、米国もこの事実を持ち出しにくくなっていたのは、わが国にとってはラッキーだった。

トルーマンが原爆の完成を遠回しに告げてきた

ポツダム会談では、俺の方から、「8月中旬に日本に参戦する」と言ってやった。初対面のトルーマンを喜ばす狙いもあったが、欧州戦線に投入していた赤軍の極東への移動のメドがついたためでもあった。米国がしきりに、対日参戦のスケジュールを探ってきているためでもあった。予想通り、トルーマンはとても喜んだ。

しかし、後に米国でも批判の声が高まったように、この時点でも、米軍は、我々の参戦なしに、日本を降伏させられなかったのだろうか。

ルーズベルトの国務長官だったスティニアスは、後に「決して忘れてならないことは、ちょうどクリミア（ヤルタ）会談の時に、大統領は、軍事顧問たちから、日本の降伏は1947年まで実現しないかもしれない、とアドバイスされていたことだ」と述べたらしい。

原爆の開発は、日本の降伏をもたらす有力な武器になる、という確信は誰にもなかったのだろうか。ニミッツなどは、「あんなもの、何の役にも立たない」とまで言っていたらしい。

1944年7月に彼らの統合参謀本部が作った日本制圧計画では、46年の12月までに、首都の東京を制圧することになっていたが、遅れ気味だったのも事実だ。

米国はずっと、中国大陸に自国軍を派遣して、日本軍と直接、交戦しない方針を遵守していたから、日本が、大陸の陸軍部隊、つまり関東軍を本土防衛に振り向けると、さらに米軍の日本上陸、制圧が困難になる、という懸念もあったのだろう。

ソ連軍に大陸の日本軍を攻撃してもらい、日本本土に撤収できないようにしよう、というのが、わが国の対日参戦に最も期待していたことだったようだ。

しかし、もう関東軍はガタガタで、日本本土に転戦させても、ほとんどクソの役にも立たない状態だった。組織的、系統的な撤収すらできなかったのではないか。

どうして、満州の日本軍について、米国はこんなに間違えた認識をしていたのか。

これも、戦後の話だが、作戦部長だったウィリアム・ドノバン将軍、そうあの勇猛果敢で鳴る「ワイルド・ビル・ドノバン」は、ニューヨークタイムスに、「中国に駐在していた米軍は、公にも秘密にも満州に情報部員を派遣することを禁じられていた。このため、大統領は、常に、日本の軍事力を過大評価していた軍事顧問団の見解に引きづられていた」と書いていたらしい。

米国の情報体制に大きなネックがあったようだ。俺は中国からの情報や、東京のソ連大使館からの情報で、日本はもう、青息吐息だ、と確信していたので、ヤルタで交渉の主導権が取れたのだ。

原爆実験成功のニュースは、7月17日にヤルタに届いたらしい。米国は、統合参謀本部がそのまま、ヤルタに移動してきていたが、この時には、米軍首脳も「日本の降伏は遠くない」という楽観論に包まれていたようで、アイゼンハウアーは「原爆投下など全く不要だ。こんな兵器を使えば、世界中に反米世論を掻き立てるだけだ」と良識派らしい批判論をぶったらしい。

しかし、トルーマンは、どういうわけか、ルーズベルトに原爆の存在を聞かされて以来、実戦で使うことを決意していたらしい。日本には無条件降伏以外の道はないことを確信していたせいかも知れない。ルーズベルトの急死で、副代棟梁から選挙を経ず、大統領になり、おまけに大学卒でなかったため「自分の決断力」を示したい、という要因もあったらしい。極秘裡に30億ドルもの開発費を投入したマンハッタン計画の成果を、米国民に目に見える形で、披瀝する必要があったのかも知れない。

それでも、トルーマンは、スティムソンを通じてマーシャル統合参謀本部長に、原爆が完成した後でも、ソ連の対日参戦は必要か、と質したらしい。

マーシャルは「ソ連の参戦は必要なくなった。しかし、米国の意向の如何に拘わらず、ソ連は満州に進撃するだろう。ソ連がソ満国境に大量集結していることで、日本陸軍は他の戦線に兵力を移せないでいる」とアドバイスしたらしい。

トルーマンは、これを聞いて、わが国が対日参戦に正式に踏み切る前に中ソ会談が妥結しないよう、蒋介石に「納得いくまでソ連と交渉を続けるように」と打電したらしい。

トルーマンが原爆の完成を俺に告げたのは7月23日だ。

「常ならぬ破壊力を持つ武器を手に入れた」と遠回しな表現をした。俺はさして驚いたふりをしなかった。何もコメントしなかった、と思う。

もちろん、俺はベリヤらの情報で、トルーマンが言ったのが原爆のことだ、とすぐに分った。トルーマンやチャーチルが、戦後の回想録で、この時、俺が原爆を知らなかったようなことを書いているが、バカをいうな。ナチスドイツが重水を求めて、ノルウェーに行ったりしていたことなどとっくに知っていた。日本ですら、原爆の研究をしていたではないか。

ただ、この時点では、どれ位の威力があり、戦局にどれ程の影響を及ぼすのかまでは、さすがの俺も分からなかった。広島と長崎への原爆投下で、その途方もない破壊力にさすがに俺も度肝を抜かれたのは事実だ。戦後は、科学者、物理学者を優遇しないといけない、と思った。マルクス主義哲学者ではなく。

国務長官だったバーンズは、「トルーマンは、ソ連の対日参戦と原爆投下という矛盾することを決断したが、原爆投下は、ソ連への牽制が主目的だつたろう」と言っていたらしい。

世界大戦の最中に、マンハッタン計画と言う国家的秘密プロジェクトを動かし、原爆を作った米国の力には、正直、俺も敬服した。「この国を甘く見てはいかんな」と強く思った。ただ、わが国の原爆開発には自信はあった。

何しろ、オッペンハイマーは、若い頃、コミュニスムに共感していたし、マンハッタン計画に参加した科学者にも、共産主義に共鳴する人がいっぱいいた。「諜報の天才」ベリヤを以ってすれば、こういう科学者を一本釣りして、我々に機密情報を流す奴は次々に現れるだろう。現にクラウス・フックスというドイツ人の物理学者で、コミュニスムに共感していた男は、マンハッタン計画のスタート時から、我々に情報を流してくれていた。

わが国にも、クルチャトフやサハロフなど優れた科学者もいっぱいいたし。俺の予測通り、1949年には、わが国も原爆を開発できた。「原爆の秘密情報が漏れた」と疑心暗鬼になった米国では、とうとう集団ヒステリーが起き「赤狩り旋風」が吹き荒れるまでになった。

チャーチルがモスクワにきて秘密取引をした

中国も難問だった。蔣介石の国民党政権が将来的にも、この大国を支配し続けられるという兆候はほとんどなかったし、政権の腐敗のひどさで、人心がほぼ完全に離れいていたこともはっきりしていた。

コミンテルンはずっとマルクス・レーニン主義に沿って、都市労働者の蜂起を目指したが、陳独秀、李立三、王明の失敗など、失敗の連続だった。トロツキーですら、毛沢東の農民革命を理解できなかったほどだ。

だから、ドイツと戦うためもあって、米国が支援していた国民党政権を相手にせざるを得なかったのだが、誇りばかり高い蔣介石は内戦の指導者としては全く無能だった。

だから、日本の軍部は、中国を支配できると思い込んで、関東軍に引きずられて、満州だけでなく、全土に戦線を拡大して行ったのだ。五族協和の王道楽土を建設する、などと妄想でしかないスローガンを唱えて。日本の唱えるスローガンは「大東亜共栄圏」「八紘一宇」もそうだが、いずれも内容が空疎で、提唱者自身も全く信用していないし、何の中身もない、「単なるキャッチフレーズ」ばかりだった。ヒトラーの「千年王国」ほどキチガイ染みてはいなかったが、日本の後進性と閉鎖性を反映してか、アジアの他の国の民衆を引き付ける要素は皆無だった。

蒋介石政権との交渉は、難航した。彼らが、清王朝の崩壊、太平天国の乱以降の群雄割拠、英国の植民地化という自国の屈辱的な歴史を嫌悪し、米英だけでなく、わが国の日本の敗戦後の戦後処理の要求についても、「租借地」といった、植民地を思わせる言葉に強いアレルギーを示したのは、心情的には理解出来た。

しかし、気の毒なことに、蒋介石政権は米英の援助なしには1日も持たず、日本軍とも戦えない政権だったことは、皆が分かっていたので、蒋介石には、戦後処理について、何の発言力もなかった。おまけに、情報管理能力もゼロで、どんな外交上の秘密交渉の結果も翌日には、漏れてしまうので、戦後処理や、わが国の対日参戦のスケジュールなどを蒋介石政権に伝えるわけにはいかなかった。

ルーズベルトに伝えたように、日本の降伏後の中国について、ソ連は深くコミットするつもりはなかった。国境の緩衝地帯として、外モンゴルを独立させることと、一部の鉄道を接収することくらいしか考えていなかった。

米国は、マルクス・レーニン主義に全く無知だから、コミュニストは皆、同じだろう、と思っていたらしいが、コミンテルン系のコミュニストが全滅したあとの毛沢東派には、ソ連は伝手はなかった。

毛沢東も、ソ連より、米国に援助を仰いでいた。コミンテルンと、それにつながる革命家にひどい目に会わされ続けて、彼らを打倒して、共産党の主導権を握ったせいだったろう。

俺も、毛沢東がどういうコミュニストなのか、蒋介石政権を打倒したら、中国をどうしようとしているのかについて、ほとんど何の知識も持っていなかった。米国も、ソ連が中国の統治には、基本的に関心はなく、干渉する気がないことは、日本が降伏する時点では理解していた。

しかし、ヤルタ会談の時点では、毛沢東が中国全土を支配できるかどうかは、五里夢中だったし、蒋介石政権と、日本の降伏後のことを話し合うしかなかった。ここがとてもつらかったな。

米国も、我々を牽制するカードとして、中国を考えていただけで、戦争終了後に中国をどうするつもりなのか、については明確なビジョンは持っていなかった、と思う。

ただ、英国の影響力を完全に排除しよう、という点では、ルーズベルトも俺も一致していた。阿片の密売でがっぽり、儲けたり、悪辣非道なことをいっぱい、やっていたからな。英国は中国に対し。もっとも、ドイツとの戦争で疲弊し切っていた英国には、もう、中国に対し、何かをしよう、という気力はなくなっていたが。

しかし、チャーチルもズルシャモで、１９４３年10月には、ルーズベルトには内緒でモスクワにやって来て、ヒトラー降伏後の東ヨーロッパの扱いについて、俺と秘密取引をしようとした。しかし、結果的には、「ギリシャを共産主義政権にはしない」という約束以外は反故になった。ヨーロッパ各国に自国軍を常駐させる力がなくなっていた英国には、もう、自国の主張を貫くパワーがなくなっていたのだ。外交交渉能力で、軍事力の不足を補う、という「従来の」というか、メッテルニッヒやハプスブルグ家以来の欧州の伝統が通用しなくなったのだ。

第二次世界大戦の英雄のチャーチルが、戦後、英国であっと言う間に失脚したのもそのためだ。「時代の変化の悲哀」を一番、痛切に感じたのはチャーチルだろう。

「ヒトラーの戦争」が挫折した最大の原因は何か

第二次大戦は、戦争、軍のあり方をも抜本的に変えたな。ヨーロッパ大陸が主戦場だった第一次世界大戦は、陸軍が主役の戦争だった。ドイツもロシアも陸軍力が軍事力の主軸の国だった。

この時点で、海軍力が主力だったのは英国だけで、これは島国ながら、一時、世界帝国を築いた英国としては、不可避のことだった。「海軍力と情報収集力」で、あの小さな国が「七つの海に沈む太陽なし」という大帝国になったのだ。

もちろん、そのドライビング・フォースは、産業革命以降の「資本主義の牽引者」だったせいだが。また、後に米国が組織化した「海兵隊」という戦闘組織の母体も英国は有していた。

単なる陸軍歩兵部隊でなく、海軍の援護で、敵国の支配地に海から上陸し、橋頭堡を築いて、反攻の足がかりと、ロジスティックスの拠点を作っていく部隊だ。

日本軍には、この「海兵隊」の発想がなく、まだ、旧来の「陸軍」と「海軍」の区分けに固執していた。この国では、陸軍と海軍は「不倶戴天の敵」だったらしい。どうしてかは知らないが。

真珠湾の米艦隊への奇襲も、本来なら、それに続く日本陸軍のハワイへの上陸、制圧が伴わなければ、単なるこけおどしだ。ロジスティックが追いつかないので、上陸を断念したのかも知れないが、これは日本には「海兵隊」的発想がなかったせいでもあろう。

単に、米軍の太平洋での制海権を一時的に失わせ、中国や東南アジアでの植民地権益を米国に一定程度、認めさせて、外交交渉に持ち込もう、という意図だった、という話もあるが、敵国の本土を攻撃し、その一部を制圧・占領して、工業生産能力・体制を破壊・混乱させなければ、「制海権の喪失」もごく短期間で回復されてしまうし、ほんの短期間の「戦争の優位性」をもたらすだけに終わってしまう。現に日本はそうなった。

そもそも、米国を主敵とする「南進論」なのか、わが国を主敵とする「北進論」なのかが、開戦直前までもめていて、陸軍と海軍の対立もからんでいた、という状態では、本来は開戦などできなかったし、すべきではなかった。

緒戦での、「電撃戦作戦」による予想以上の突貫力を示したドイツ軍を辛うじてスターリングラードで止め、結局、ベルリンまで押し戻せたのも、米国の強力な援助の力もあったが、わが国の工業生産拠点が破壊されなかったからだ。

日本は、「総力戦」の意味がよく分かっていなかった。「制海権」といった古い概念でしか、戦争を理解できないまま、太平洋戦争に突入してしまったのだ。

ヒトラーは「総力戦」を理解はしていたが、英国占領に失敗して、やけくそになり、最初は「一番やってはいけない」と自ら言っていた二正面作戦に打って出た。俺もヒトラーの、わが国への開戦時期は読み誤ってしまったが。

第二次世界大戦は、非ヨーロッパの米国と日本が参戦し、ユーラシア大陸、太平洋全域が戦場になったため、海軍力、制海権の戦いでもあった。ドイツは海軍力のハンデを、潜水艦という新兵器でリカバリーしたし、米国は、制海権の確保に飛行機も組み込む「空母」を開発、投入した。そして、何より技術の進歩で、航空機による戦闘、「空軍力」「制空権」が戦争の勝敗を大きく左右する最初の戦争になった。

航空機、空軍力では、米国に「一日の長」があったが、これは米国の産業経済の力で、日本、ドイツ、英国、わが国も相当の空軍力を持っていた。

しかし、やはり、陸軍が主力だったドイツは、ゲーリングの大言壮語にも拘らず、空爆で英国を屈服させることができず、これが「ヒトラーの戦争」が挫折・崩壊した最大の原因だった。

チャーチルは「英国人の不屈のジョン・ブル魂のせいだ」と誇っていたがな。誇り高いチャーチルらしい言い分だが、本当は、ドイツの空軍力不足のせいだったろうな。「電撃戦」も、空軍は、突貫する陸軍歩兵の支援部隊としか位置づけられていなかったし。ヒトラーも本質的には、「総力戦」の意味を理解しておらず、本人の自惚れとは違って、せいぜい、「戦術の天才」に過ぎなかった。

弁証法が分からなければ、物事を総体的に正しく認識できない。レーニンのようにだ。俺も、レーニンほどの天才ではなかったので、ヒトラーの封じ込めにも失敗し、開戦後も、緒戦ではとても苦労する羽目になった。

しかし、結局は、第二次世界大戦はまだ、陸軍の戦いだった。わが国がドイツを破ったのは、赤軍の陸軍の頑張りだったし、ヒトラーも、ドイツ陸軍がモスクワを制圧できる、と信じていたのだ。

だから、米国による広島、長崎への原爆投下を見て、俺はとても驚いた。この兵器は、戦争を完全に変える。一発で、数十万人の陸軍歩兵を殲滅できる兵器の登場は、戦争のあり方を根本から変える、と思ったのだ。どういうことになるのか、どういう戦争形態になるのかは、この時点では、全く予測がつかなかったが。

もうひとつ、これまでにない戦争のあり方を提起し、実践していたのは毛沢東の「人民戦争論」だ。正規戦を避け、ゲリラ戦を積重ねて、強大な敵を疲弊させ、遂には降伏させる、「人民の海」に敵を引き込み、溺れさす、という理論は、マルクス主義的であり、画期的だった。

少数派ながら、最後の勝利を信じて戦った毛沢東らしい理論で、俺の死後の話だが、ベトナム戦争やアフガン戦争でこの理論の正しさが証明される。第二次大戦後、圧倒的な生産力、経済力を有した米国にとっては、最も怖るべき理論だったろう。毛沢東もやはり天才だった。

モスクワを離れる松岡外相を抱きしめてやった

ソ連と日本は、ロシア革命直後の日本のシベリア出兵問題をタナ上げして、俺がまだ、ソ連の全権を完全に握ったとは言い難い1925年に日ソ平和条約を締結して、国交を回復したと言うか、国交を開いた。帝政ロシア時代とは体制が一新したのだから、「国交回復」と言うのは変だ。

しかし、1931年の満州事変をきっかけに、北満州に関東軍が常駐するようになったため、国境一帯にトーチカを築いて守りを固め、シベリア鉄道の複々線化を急ぎ、極東に常駐するソ連軍も増強してきた。

日本が、我が国を攻めるつもりがあるのか、そうだとしたらその狙いは何なのか、はよく分からなかった。

満州はともかく、中国全体については、わが国は、米英のような深い関わりはなかったし、いくら反共主義の国とは言え、日本軍が1万3000キロも離れたモスクワまで攻め込むことなど有り得なかったからだ。ただ、この国は、ヒトラーとは違った意味で、非合理で不可解な行動を時々、取るらしいことには俺も薄々、気がついていた。

国境周辺では、関東軍との小競り合いが続いていたが、1939年5月に、ノモハンで関東軍が突然、襲いかかってきた。

ソ連の極東軍事力の偵察、戦車などの兵器の性能のチェック、さらには、「北進論」を既成事実化するための関東軍の暴走、などと色々、言われたが、真相は今でもよく分からない。ただ、日本軍の戦車がひどく旧式で、我が軍の戦車に手も足も出ないことが判明した事は、大変な収穫だった。これで、俺は、国防軍の大半をヨーロッパ戦線に貼り付ける決断が出来たのだ。

41年には、当時の第二次近衛内閣の松岡外相が、日ソ中立条約を締結しようとモスクワにやって来た。国際連盟を脱退するなど、派手なパフォーマンスで話題となったこの事業家出身の素人外交官は、ヒトラーリッペントロップにけしかけられて、ドイツ―日本―ソ連の枢軸を固めて、米英と戦う足場を固めようと思っていたのだろう。

俺は、ノモハン事件で、日本軍の力を知って、大して恐れていなかったが、何しろ、当時の最大関心事は、ドイツがわが国に開戦するのかどうかだった。「独ソ不可侵条約」まで結んで、ヒトラーの手足を縛ろうとしたのだが、まあ、全く信用出来ないあの独裁者の動向が「条約」程度で制約できるとは思っていなかった。

だから、ヨーロッパ側国境に国防軍の9割を貼り付けていただけに、日本とは極東でことを構えたくなかった。そこで、日本の提案を丸呑みし、条約を締結し、おまけにモスクワを離れる松岡を抱きしめてやった。「日本は白人国家ではないが、強国になった。俺もグルジア人で白人ではない」と心にもない〝お世辞〟まで言ってやった。大感激して日本に帰っていったが、2カ月後の6月には、ドイツが国境線を超えて攻め込んできて「ドイツ―日本―ソ連」枢軸構想などは、冗談にもならなくなった。松岡も手の平を返して、「ソ連を攻めよう」と言い出したらしい。

ヒトラーのような、精神異常者の言動を深読みしたり、頼りにしてはダメなのだ。もっともヒトラーも側近に、「スターリンは、チャーチルよりはるかに狡猾で危険だ」と言っていたらしい。あいつにそんなことは言われたくなかったが。

我々がスターリングラードでのドイツの猛攻を辛うじて凌いで、反攻に転じた1943年の11月にテヘラン会談が開かれた。枢軸国の敗色が深まったため、連合国側の戦後処理、戦後体制を話し合う最初の会談だった。

カイロで米英中の会談が行われ、引き続いてテヘランに場所を移して、米英ソの首脳会談となったのだ。俺は、国家の体もなしてない中国の蒋介石政権を戦後処理問題の検討メンバーに加えることには反対だったが、ルーズベルトが中国に固執した。ルーズベルトの妻のエレノアが、キリスト教の関係で、蒋介石の妻の総美齢と親しく、その影響もあったろう。

11月27日の会談で、俺は初めて、対日戦に参加する意思があることを表明し、ルーズベルトを感激させてやった。スターリングラード攻防戦などで、米国が示したわが国への援助に感謝を表明する意図もあった。

しかし、対ドイツ戦に我々は手一杯で、ドイツを片付けてからでないと、対日戦の開始は無理とはっきり言った。これは掛け値のない真実だ。チャーチルの策謀で、欧州の「第二戦線」構築が遅れまくっており、我々が単独でドイツを本国に押し戻していたのだから。この頃から俺は米英より先に我が国防軍がベルリンに到達し、ヒトラーを生け捕りにして、モスクワで裁判にかけてやろう、と考え始めていた。

また、日本とドイツの戦後復興を阻止するために、両国の数十万人の将兵を処刑したらどうだ、と言ったら、ルーズベルトもチャーチルも愕いていた。半ば冗談だが、戦時国際法がどうのこうのと言ったって、降伏寸前の日本に予告もなく原爆を投下し、数十万人の非戦闘員を殺したのは、ルーズベルトの後任のトルーマンだったのではないか。

実際にはわが国が、対日参戦するのはこの1年9カ月後だったが。

レーニン主義では世界革命は起こせない時代

45年2月のヤルタ会談で俺は、ルーズベルトとの秘密会談を行い、対日戦に参戦する見返りとしての、中国、日本の極東地域での権益についてのわが国の考えを初めて伝えた。とは言っても、その2カ月前の1944年12月には、ハリマン特使にモスクワで会って、アウトラインは伝えてあった。米国側にも事前に検討・吟味する時間が必要だ、と思ったからだ。ハリマンとの会談でも、ヤルタ会談でも、わが国の要求のうち、中国絡みの内容は、一切、蒋介石政権には伝えてなかった。政権末期症状に陥っていた中国政府は、どこに日本側のスパイが潜んでいるか分からず、ソ連の要求が日本に筒抜けになる怖れが強かったのだ。ルーズベルトもこの懸念には同意した。

中国はヤルタでの俺とルーズベルトの秘密会談の内容をいつ知ったか。3月に駐米大使の魏道明がワシントンでルーズベルトに会い、秘密会談の内容を聞いたようだ。

しかし、ルーズベルトは4月12日に急死する。蒋介石政権の代理行政院長の宋子文は、15日にルーズベルトの特別顧問だったホプキンスと会い、米ソトップの密談の内容を確認した。

蒋介石は、大統領の交代の機を捉えて、宋に「〝米国としては、中国の領土内にいかなる国の特権も設けさせるつもりはない〟とトルーマンがスターリンに明言して欲しい」と伝えるよう依頼したらしい。

宋は蒋介石の妻の宋美齢の兄。それだけに蒋介石の信任は厚かった。

蒋介石は、我々の要求にあった「租界地」「租借」といった植民地用語に特に強い反発を示したようだ。気持ちは分かる。清朝末期以降、いわゆる「列強」の露骨な植民地政策にいいように蹂躙された苦い経験、実質的な植民地からの独立を唱えた孫文の後を引き継いだつもりの蒋介石としては、こういう文言には耐えられなかったのだろう。いかに、自分の政権が、清朝末期と同様に腐敗し切っていたにせよ。

しかし、俺も、ある程度、露骨な要求をせざるを得なかった。独ソ戦だけでも、膨大な犠牲を払い、疲弊していた国民に、さらに日本との戦端を開くことを納得させるには、目に見える「見返り」がいるのだった。もうレーニンの時代のような「プロレタリア国際主義」や「革命的祖国敗北主義」という高潔な、精神的なスローガンで国民が納得する時代ではなくなっているのだ。このことは、ルーズベルト、トルーマンにも再三再四、説明した。

もちろん、かっては我々も世界革命を追求した。ドイツ、イタリア、フランス、中国などだ。1923年、まだレーニンが存命で、トロッキーも権力を保持していた時代に、コミンテルンは、国民党と共産党の提携、いわゆる「国共合作」を中国共産党に呼びかけている。

1926年には、モスクワで開かれたコミンテルン第6会大会のあと、中国共産党第　回中央委員会がやはりモスクワで開かれている。しかし、この頃の中国共産党指導部というのは、その後の何度かの都市プロレタリアートの蜂起に失敗して党組織を壊滅状態に追い込んだ陳独秀、李立三らであり、毛沢東はまだ、姿も見えなかった。コミンテルンから見れば。

その後も、毛沢東の党内での力が拡大していった後でも、我々は「異端」「農民革命派」と見ていた。だから、いずれもソ連に滞在したことのある周恩来や、林彪らを通じて、毛沢東とのコンタクトを強めたのは、第二次大戦が始まった後だった。

毛も、自分と対立したコミンテルン派に不信感を抱いており、俺が毛と直接、会ったのは、中国革命成立後だった。のちの「中ソ対立」の芽はこの時代に孕まれていたのだ。毛の革命論は、どうみてもレーニン主義からは外れていたが、中国を最終的に制圧し、蔣介石・国民党を台湾に追い落としてのは、毛だった。

トロツキーが俺やコミンテルンの中国革命の指導を徹底批判し続けていたこともあって、ソ連共産党は、なかなか、毛沢東を評価するのは困難だったのだ。

コミンテルンの指導でのドイツ革命、中国革命の失敗で、さすがに俺も、「帝国主義論」をベースにしたレーニン主義では世界革命は起こせない、と思うようになった。もちろん、これらの国の階級情勢、政治情勢と革命戦略が間違っていたのであって、レーニン主義が誤っていたのではないのかも知れない。

しかし、コミンテルンの方針は、ブハーリンやカール・ラディックらボルシェビキの中でも最優秀の理論家が立てていたのであり、それでも、ダメだったということは、レーニン主義にも疑問を感じさせる。

ドイツ情勢分析は、トロツキーの方が正しかったようだ。しかし、中国革命については、トロツキーの方針も全然、ダメだった。だから、第二次世界大戦は、「革命の祖国」を守るために、リアルポリティックスの立場で対応するしかなかった。特にヒトラーのような、狂人が相手では、まともな分析は出来ず、細心の注意を払って、ドイツの軍事動向を探って、これに軍事的に対応するしかなかった。

世界革命という視点は、もう貫けなかった。俺の能力不足のせいだったのか。よく分からない。レーニンに詫びなければならなかったのかな。しかし、何とかドイツを撃破して、ソ連を守ったのだから、最悪の事態は避けられた、と思うが。俺の米国の分析も弱かったな。

しかし、これもレーニンにも言えることだ。トロツキーが、「これからは米国がカギだ」とどこかで書いていたらしいが、米国に革命が起きる可能性はあったのかな。

戦争終結打診の天皇親書をトルーマンに見せた

当然のことながら、1945年4月に、日本軍の必死の抵抗も空しく、米軍が沖縄上陸に成功してからは、天皇、政治指導者、軍首脳（もっともこの頃は、政治指導者と軍首脳はオーバーラップしていたが）は大混乱、敗戦は必至とみて、無条件降伏だけは避けよう、と色々な動きが始まっていたようだ。写真でしか見たことのない昭和天皇という男も、ヒムラーに似た人間味のない無表情な外見とは異なって、保身欲に富んだずる賢い権力者だったようだ。

自分の名のもとにあれだけの大戦争を始めておいて、無傷で敗戦後の世界にたどり着こう、としていたようだ。ヒトラーでさえ、自殺したのに。

もっとも、とても特殊な環境で育ち、帝王学とかいう特殊な教育を受けたらしいから、モノの考え方がもともと、狂っていたのかも知れない。ちょっとニコライ2世を思わせる。

とにかく、戦後、あの国の首相になった吉田茂という外相経験者らを使った米英との戦争終結交渉だけでは不安だったらしい天皇は、１９４５年6月下旬に、鈴木貫太郎首相に、戦争終結についての米英との交渉の仲介を俺に頼むよう指示したらしい。俺の交渉相手には、前首相の近衛を当てるつもりだった。当時、陸軍だけは、まだ戦える、と徹底抗戦を唱えていたようだが、鈴木は、抗戦意思を見せながら、和平交渉に入るべき、と思っていたようだ。そして、陸軍も含め、大日本帝国の首脳は、和平の際の最大の条件を「天皇制護持」に置いていた。

わが国とは、ノモハン事件以降、軍事衝突はなく、共産主義への漠然とした不安があったためだけだったからのようだ。また、本土防衛や、他の戦線に兵力を転進させて、手薄になった満州に、ナチスドイツを降伏させて、極東に振り向ける兵力のゆとりが出てきたソ連軍がなだれ込んで来たら、打つ手がない、という切迫した事情もあったようだ。

この打診を、米英に内緒にしておくわけにはいかない、と思い、ポツダム会談で、トルーマンに天皇の俺宛の親書を見せた。しかし、米国は、日本本土から、モスクワの日本大使館に宛てたこの電報を傍受して解読済みだった。

トルーマンは、「私は日本を信用していない」と言い、「近衛特使の立場がよく分からない、ということで、仲介は出来ない、という返事をしましょうか」という俺の提案に同意した。

この返事を聞いたモスクワ大使館の佐藤大使は本国に、「はっきりした日本としての停戦条件を示さないと、スターリンは動かない」と打電したが、鈴木首相は「無条件降伏だけは絶対に応じられない」と突っぱねた。鈴木がこの時点で、無条件降伏しても、天皇制が残る可能性があることに気がついていたら、原爆投下は起きなかっただろうが。

しかし、まあ、この時点では、連合国もトルーマンも、天皇の戦争責任を問わない、と思っていたわけではないからな。俺は戦後、日本を社会主義化するのには、天皇と軍国主義者どもを一掃しなければならない、と思っていたから、天皇制の存続にはもちろん、反対だったし。まあ、しかし、ドイツと違って、日本の敗戦はほとんど米国が単独で成し遂げたことだから、終戦処理を巡っては、我々の発言権はあまりない、とは思っていたがな。

誰が原爆をめぐるスパイ合戦と謀略を担ったか

1943年に米陸軍情報部特別局の情報官たちが、ドイツとソ連の間で、単独和平交渉が行われている、というウワサを聞きつけたらしい。特別局の責任者のカーター・クラーク大佐は、「独ソ不可侵条約」締結の前例が頭に浮かび、自分の統括下にあつた「通信諜報部」に、ソ連の外交暗号電報を傍受・解読するチームを作った。

暗号の解読は難航したようだったが（何しろ、二重の乱数表を使っていたからな）、遂にこれを成し遂げたらしい。このプロジェクトは「ヴィノナ作戦」と呼ばれた。43年のわが国のドイツとの単独交渉というのは、何のことか分からない。スターリングラード攻防の山場だし、ヒトラーがそんな交渉にゴーサインを出す筈もなかったろう。

ハイドリッヒあたりの、米英とわが国を離間させるための謀略か、それとも彼のライバルのカナリス提督の策謀だったのか。ハイドリッヒはこの時点では、イギリスからポーランドに潜入したパルチザン・ゲリラに暗殺されていたのだったかな。あいつが生き延びていたら、ヒトラーを暗殺して、自分が後継の総統になって、米英、ソ連と停戦交渉をしただろう。ヒムラーやゲーリング、デーニッツなどよりずっと手ごわい相手になっていたろうな。ベリヤよりもあいつの方が悪党としてははるかに上だつたな。

米国の原爆開発、マンハッタン計画について、ソ連が、いつからスパイによる情報収集をしていたかだって。

１９４２年、マンハッタン計画の最初期からだよ。エンリコ・フェルミらのシカゴ大学での初めての核分裂・連鎖反応の実験のデータは、モロトフを通じて１９４３年2月には、クルチャトフの手に渡されたよ。

他のスパイ活動とは違って、原爆開発では、どんな情報を入手すればいいか、そのためには、誰を我々の陣営のスパイとしてリクルートすればいいか、が分かっていたから、モロトフやベリヤもやり易かった。わが国の科学者も原爆の基本的概念はつかんでいたからね。

当時は、米国の科学者には、コミュニスムに共感する者がいっぱいいた。マンハッタン計画で、研究が進み、実用的な原爆が作れる可能性が高まった時には、「こんなすさまじい兵器を米国だけに独占させていいのか」という疑問に取り付かれた科学者も多かったし。コミュニズムの支持者でなくとも、ナチスドイツと日本が負けた後の世界の「ふたつの極」になると誰もが思っていた米国とソ連の双方が核兵器を持つ必要がある、そうでないと世界が、米国の支配に偏りすぎる、と思った科学者も少なくなかったし。

当時、マンハッタン計画に従事した科学者は、欧州から、ナチス、ヒトラーを怖れて亡命したり、米国に移住した者が多かったし、だから、米国への愛国心、忠誠心も決して高くなかった。諜報のための好条件が揃っていたわけだ。

わが国の原爆開発に最も貢献したスパイは、良く知られているように、ドイツ生まれの帰化英国人、クラウス・フックスだ。ドイツでは、共産党員だった。筋金入りのコミュニストだったらしい。フックスは、1941年に、マンハッタン計画(の前身)に参加するとすぐに米国の亡命ドイツ人共産党のリーダーのクチンスキーに会って「ソ連のため、原爆開発のスパイをしたい」と申し入れた。こういう自発的なスパイがいっぱいいれば、本当に助かるのだが。

リヒアルト・ゾルゲも自発的なスパイだったが、彼は日本に行く前から、ボルシェビキ党のプロのスパイで、諜報将校でもあったから、フックスとは少し違うか。ゾルゲは、コミンテルン所属とずっと思われていたが、そうではなく、ソ連共産党直属の諜報員だったのだ。

フックスは、ウラン濃縮方法方法のひとつ、ガス拡散法を研究した後、ロスアラモス研究所で核分裂の理論研究に従事し、46年に英国に戻った。ロスアラモスでは、当時、わが国の科学者もよく知らなかったプルトニウムの研究をしていたので、プルトニウムに関するわが国の知識の蓄積に大いに貢献してくれた。

スパイであることが露呈し、9年間、服役したのち、東ドイツで、核の研究所の所長をしたらしいな。

科学者スパイとしては、セオドア・ホールの存在も大きかったな。ホールは、18歳でハーバードを出た天才だったらしいが、我々にとってはラッキーなことに、若い頃から熱烈なコミュニストでもあった。

ロスアラモスで原爆製造のカギを握る爆縮起爆装置の開発に従事し、この情報は我々にとっては、宝のような貴重なものだった。1950年ごろには、スパイの疑いがかかり、FBIが尋問したらしいが、コミュニストとしての強固な信念を抱いていたホールは、一切、自供せず、逮捕を免れた。コミュニストの鏡みたいな男で、本当なら、俺が直接、レーニン勲章を授与したかったほどだ。

科学者ではないが、ディビッド・グリーングラスも大いに貢献してくれた、と聞いている。ニューヨーク出身のこの男は、科学者になりたかったらしいが、家庭の事情で、ブルックリン科学技術大学を1学年の1楽器で中退し、まもなく徴兵された。

彼も10代からの熱烈なコミュニストで、米国共産党の共産主義青年同盟に参加するほどだった。ロスアラモスで、機械工として、プルトニウム原爆の起爆装置のモデルの製造に従事した。ポールの情報とともに、グリーングラスの情報は、わが国がプルトニウム原爆を作る決め手となった。ただ、彼はスパイ行為が露見して、FBIに逮捕された後、我々の米国でのスパイ・ネットワークについて全面自供し、ローゼンバーグ夫妻の逮捕に道を開いた。ローゼンバーグ夫妻は無実ではなく、我々の諜報網の一員だったのだ。しかし、このことは、1990年代までは公表されず、米国の非情さを示す事件として、反米運動、反原爆運動には大いに貢献してくれた。どうして、夫妻の処刑前に、彼らが我々の諜報員であることを示す「決定的な証拠」が公表されなかったのかは、俺には分からない。FBI内部、米政権内に対立があったのだろうか。それとも、FBIの防諜活動を秘匿する必要があったのだろうか。

1945年秋に、マンハッタン計画の軍事指揮官だつたレスリー・グローブス将軍は、原子爆弾の開発についての技術報告書を公開することにした。報告書は物理学者でマンハッタン計画に携わったヘンリー・スマイスが書いた。

我々の諜報機関は、この報告書が、肝心なところの情報を省くのみならず、我々を混乱させる偽情報が含まれているのではないか、と懸念し、諜報員を動かしても技術者のモーリス・ペレルマンと別の物理学者に会って、報告書の内容について、その信頼性を正した。

ペレルマンらは、会いに来たのが、ソ連の諜報員であることを知りながら、快くインタビューに応じた。ソ連への共感は、こういう広がりがあったのだ。この当時は。

米国共産党は第二次世界大戦の期間でも5万人の党員を擁していた。米国でプロレタリア革命が起きる可能性はなかったが、ロシア革命のインパクトは25年近く経った時点でも〝健在〟だったのだ。米国はドイツと違って、我々の指導のミスでコミュニズムを実現出来なかったわけではない。中国は、我々、コミンテルンの指導ミスというよりは、レーニン主義とは違う革命が起きたのだ。この点、毛沢東は確かに偉大だった。

しかし、米国とわが国の核兵器ギャップを短期間で解消し、戦後の世界のパワーバランスを共産圏側に有利にしてくれたこういうマンハッタン計画を巡る我々の諜報活動の大成功は、米国共産党の国内活動を絶望的に困難にし、マッカーシーの赤狩りのような、集団ヒステリーじみた「反共ムード」を米国全体に作り出してしまった。

もちろん、反共ムードは、その後のフルシチョフ時代の人工衛星府打ち上げ成功によって米国内で起きた「ミサイル・ギャップ」パニックも大きく〝貢献〟している。

こちらは、米国からのスパイ活動による情報収集の結果ではなく、俺が始めた「5カ年計画」によるソ連の産業基盤の拡充と、わが国の科学者の優秀さ、それに、ペーネミュンデから連れてきたドルンベルガー将軍や、フォン・ブラウンらのドイツ人科学者、そう、チャーチルを苦しめたV2号ロケット開発チームの科学者の力によるものだったが。

しかし、スパイ活動によって、原爆の情報を手に入れたことがまずかったとは思わない。わが国がずっと原爆を保有できないままだったら、米英は、ポツダム、ヤルタ会談の約束を戦後もずっと尊重しただろうか。朝鮮戦争で、マッカーサーが進言した原爆使用をトルーマンは認めたのではなかったろうか。ポツダム、ヤルタ会談時に実用原爆ができていたら、ポーランドなどの戦後処理にルーズベルトやトルーマンは同意しただろうか。

第3章

ポツダム会談はトルーマンの思惑通り

ハリー・S・トルーマン（1884～1972）

ど田舎の仕立て屋のせがれが大統領になるとは！

米国の研究者の中には、ソ連が、第二次大戦中にも、米国に総力を上げた諜報戦を仕掛けていたことが、戦後の冷戦をもたらした、という者もいるようだな。

しかし、我々はマルクス・レーニンの教えに基づき、ずっと世界革命を目指していたのであり、資本主義の総本山の米国を敵視するのは当たり前だ。ナチスドイツや大日本帝国といった「奇形児」が出現して、われわれや米英の「共通の敵」になったから、そして、戦争まで仕掛けて来たから、一時、共同戦線を張って、この「奇形児」退治をしただけではないか。最初から「同床異夢」だったわけではないか。結局、輪我々の陣営が負けたことになったようだが、歴史は長い。もう一度、逆転することもあるだろう。21世紀になって、資本主義もまた、行き詰まりを見せているそうではないか。

確かに、1941年に成立した「武器貸与法」に基づいて、この年の10月から本格的な米国のわが国への援助が開始され、45年9月まで続いた。これなしには、我々は、ドイツに勝てなかった。何しろ、航空機1万4800機、トラック37万5800台、戦車7000台、鉄道車両1100両など新しい国が作れそうな量で、援助品目も25品目にも達していたからな。

トルーマンは、大統領就任直後にもこの援助を停止した。まあ、戦争の帰趨はもうはっきりしていたから、そう驚くことでもなかったが、その後、徐々にはっきりしてくるトルーマンの反共主義の最初の表れだった気もする。何しろ、ミズーリという田舎の仕立て屋のせがれだった、というから、偏狭で保守的な価値観の持ち主だったのだろう。アイビーリーグや士官学校卒でない高卒の大統領というのも、20世紀では彼が初めてだったはずだ。

ルーズベルトがコミュニズム、ボルシェビキをどう見ていたのかは知らない。

妻のエレノアは、フェビアン協会的な左翼だったらしいし。反共の権化ではなかったようだ。21世紀になってからは、ルーズベルトとロスチャイルド家とのつながりを指摘する研究者が多いそうな。まあ、プロレタリア階級出身でなかったことは確かだし、法律事務所でちょっと働いた以外は、勤めた経験もなかったようだ。富裕階級出身の「結構な身分」というわけだったのだろう。

トルーマンは、まさか大統領になるとは思っていなかったので、我々はあまり分析していなかった。マッカーサーやアイゼンハウワー、パットンらの軍人の方がよほどデータが集まっていた。

トルーマンは、大統領就任後、1カ月ほどした1945年5月11日に、前にも触れた武器貸与法に基づくわが国への経済軍事援助を突然、打ち切る、と発表した。大統領就任前から考えていたことだったのか、就任後、側近に吹き込まれた事だったのかはよく分からない。

第二次大戦の帰趨はもうはっきりしていたし、戦後の世界で、わが国と米国が鋭く対立するだろう、と考える者も、チャーチルを筆頭に、増え続けていたから、戦後の世界をにらんだ転換だったのだろう。「戦車17200両、大砲牽引車18万両、トラック35万5000台、爆薬30万2000トン、重砲15万7000門、食料383万5000トン、化学製品71万トン、機械・生産設備10億ドル」に達していた、という。

戦争の終結が見えてきた時点で、これ以上のわが国への援助は、米国民の支持を得られない、とトルーマンは判断したのだろう。この3週間前に、わが国の要人としては初めて、トルーマンにホワイトハウスで会ったモロトフに彼は「これからは貴国への援助は、議会の承認を得ることになる」と伝えているし。まあ、もう、戦時の特別な、超法規的な措置は、この法律だけでなく、お終いということだったのだろう。もっとも、マンハッタン計画のような秘密プロジェクトは依然として動いていたが。

しかし、トルーマンは、ドイツの全面降伏の際にも、日本の降伏の条件などには一切、触れなかった。米英ソの3国が日本に対する共同声明を出すのではないか、と怯えていた日本の指導部は、とりあえずホッとしたらしい。

ルーズベルトが1944年5月に起用した親日派と言われ、駐日大使経験者でもあったジョゼフ・グルー国務省極東問題局長は、一刻も早く、日本を降伏に追い込むため、「天皇制は敗戦後も残す」といった日本が受け入れ易い、「降伏の条件」を提示すべきだ、と苛立っていたようだったが、トルーマンは何のアクションも起こさなかった。

グルーは、「トルーマンは日本を早期に降伏に追い込む気がないのかな」とまで疑ったらしい。

ポーランドを勢力圏にすることが最優先だった

日本の抵抗が続き、その間にわが国が対日戦に参戦すると、日本の領土の一部がわが国の支配下に入り、日本降伏後の極東の安定、米国にとって望ましい極東の政治体制構築に大きな障害になることも懸念したらしい。しかし、米軍首脳の前で、「日本が受け入れ易い降伏条件を早く提示すべきだ」と演説したグルーに対し、スティムソン陸軍長官らは、賛意を示さなかった。グルーには、理解し難いトルーマンや米軍首脳の動向の謎を解くカギは原爆開発だったのだが、俺ですら、米国が実戦用の原爆の開発を終えたことに気がついたのは、トルーマンの特使として、ホプキンスがモスクワにやって来て、しきりに、わが国の対日参戦の期日を探った時だった。ルーズベルトの学友で、トルーマンの代わりに副大統領になっていてもおかしくなかったグルーも、原爆のことを教えてもらえるほど、トルーマンに信用されていたわけではなかったようだ。

俺が対日参戦に踏み切るわが国の条件を米国に伝えたのは、1944年の12月、駐ソ大使のハリマンにだった。そう、鉄道王ハリマンの一族で、どうもロスチャイルド家とも深くつながっていたらしい。俺は千島列島（クリル列島）と、南サハリン、旅順、大連の再租借、外モンゴルのモンゴル人による統治を提示した。

そして、ヤルタ会談の最終日に、「ソ連は、欧州戦線が勝利に終わってから２、３カ月で、日本に参戦する」と明記した対日秘密協定にサインしたのだ。

トルーマンがホプキンスをモスクワに派遣した45年5月末には、米国の陸海統帥司令部は、もう、ソ連軍が満州に攻め入ることを望んではいなかったらしい。ヤルタ会談の時は、米軍首脳は、わが国の参戦を熱望していたのだが。特に、マリアナにＢ29の基地を置く第21爆撃機軍団の上部機関、第20航空軍のヘンリー・アーノルド司令官は、沿海州にＢ29の基地を置きたがっていた。

しかし、日本本土へのＢ29による絶え間ない爆撃、焼夷弾投下で、米国は１００％の制空権を握り、日本の抵抗はないに等しかった。米海軍、第五艦隊のスプルーアンス司令官は、沖縄戦に手古摺り、次の南九州上陸・制圧作戦（オリンピック作戦）では、米兵の戦死者は少なくない、と懸念していた。しかし、ソ連の対日参戦は、距離的にはるかに遠い南九州の上陸作戦の支援に役立たないことも自明であった。しかも、米軍の南九州上陸作戦は45年の11月に予定されており、ホプキンスが俺に会いにきて、対日参戦の期日を探るのは、もっとずっと後でいいはずだった。

しかし、ホプキンスは、俺に「ポーランドの問題それ自体は、わが国と御国の間のさまざまな課題を解決するにあたって、最も大事な問題というわけでは全くありません。わが国はポーランドに何も特別な関心を持っていないし、どんな政府が出来て欲しいかについても、これと言った希望もありません」と最大限の譲歩をした。もちろん、トルーマンがそう言え、と言った通りのことを喋ったのだ。

この大戦でのわが国の最大の関心事、ポーランド問題について、俺にフリーハンドを与えてくれた礼に俺は翌日、ホプキンスに「8月8日には、間違いなく満州国境線の日本軍に攻撃をかけます」と言ってやったのだ。ナチス・ドイツのポーランド侵攻がこの大戦の引き金を引いたのだから、ポーランドをソ連の勢力圏にすることは、最優先課題だったのだ。

しかし、俺はこの時、どうしてこんなに執拗に、我が軍の対日参戦の期日を知りたがるのか、不思議に思った。米国側に、ノルマンディ作戦のような日本への大作戦があったわけではない。南九州上陸、いわゆる「オリンピック作戦」は、まだ先のことだ。ポーランドを俺へのプレゼントにしてまで、なぜ、わが国の対日参戦の期日を知りたがるのか。

そして、閃いた。ベリヤが以前から言っていた新型爆弾、原爆が実戦用に完成したのだと。これを我が軍が日本との戦端を開く前に使いたいのだ、と。満州に投下することは有り得ないから、ソ連兵がこの原爆投下の犠牲になる可能性はなく、我々に精神的圧力をかけ、戦後世界でお前たちに勝手な真似はさせないぞ、というシグナルを送ろうとしているのだと。

さっそく、モロトフとベリヤにこの考えを話し、フックスらマンハッタン計画の情報をこちらにリークしてくれる連中へのアプローチを強化すると同時に、新しい情報取得ルートの開拓にも全力を挙げよと。

ルーズベルトが原爆の研究開発に本格的に着手せよ、と陸軍長官に命じたのは１９４１年10月初めであり、グローブス将軍をその総指揮官に選んだのは翌42年6月のことだった。しかし、いつ、この恐るべき破壊兵器を使うか、について、ルーズベルトは、側近で統合参謀本部議長だったレーヒーにも、モスクワに送り込んで、スターリンの腹を探らせたホプキンズにも、一言も話さなかった。原爆が実用兵器として完成することに確信が持てなかったのかも知れないが。

トルーマンは、俺に対して、最初に原爆が完成したことを告げたかったようだ。「貴国の３００個師団の巨大なソ連陸軍も全く怖れるに足りない」と。そして、選挙で選ばれて大統領に就任したわけではない自分の権力基盤の弱さを「原爆使用の最終決定権者である」という〝威光〟で払拭したかったようだ。ミズリーの田舎出身で、カレッジも出ていない最終学歴が「ハイスクール」のこの「フロックで大統領の座についた」男は。

そんな、学歴のことなど、ボルシェビキなら全く気にすることではないのだが。俺はグルジアの神学校すら中退しているし。しかし、一種の貴族社会的秩序が出来つつあった米国では、支配階級になるにふさわしくない男が最高権力者のポストに就いた、というのは、強い心理的プレッシャーを伴うことだったのだろう。

トルーマンは際どい綱わたりを続けていた

だからトルーマンが怖れたもうひとつのことは、実戦原爆が使用可能になる前に日本が降伏することだったろう。ソ連の参戦で、日本の指導部が絶望して降伏したり、原爆の完成が遅れて、米軍やソ連軍が日本の一部を占領した後では、原爆投下はとても難しくなる。

トルーマンは、バーンズを使って、5月31日と6月1日に、マンハッタン計画に携わった科学者を集めた会議を開き、①出来るだけ早く日本に原爆を投下する②投下場所は日本の都市とする③事前警告はしない、ことを了解させた。日本が降伏寸前であることやソ連が参戦しそうであることなどの情報は、この場では一切、開示されなかた。事前警告についてもバーンズは、「米軍捕虜を日本軍が、原爆投下目標地点に連れて行く可能性があり、そうなると投下できない」と述べて突っ撥ねた。

トルーマンは、6月18日には、ホワイトハウスに軍首脳を集めて、日本を降伏に追い込むまでの軍事作戦について意見を聞いた。

統合参謀本部議長のウィリアム・レーヒー、参謀総長のジョージ・マーシャル、海軍作戦本部長のアーネスト・キング、陸軍長官のジェイムズ・フォレスタル、陸軍次官補のジョン・マックロイらが出席した。マーシャルは、空爆だけでは、日本を降伏に追い込めない、として、中国沿岸にB29の新たな出撃基地を作る、という海軍のプランに強く反対し、陸軍が立案を進めていた南九州上陸作戦の実施を強く求めた。

国務長官のスティムソンは、「日本の指導部内には、戦争遂行に反対している人たちがいる。こういう人たちの声が大きくなり、戦争遂行派の陸軍などの声を押さえ込んで、天皇が停戦を決断出来るような方策を考え、実行すべきだ」と説いた。

しかし、この時点では、出席者の多くが原爆の存在を知っていたが、誰も原爆を使用するのかどうか、について、トルーマンに問い質すことはなかった。

会議の最後になって、ジョン・マクロイが、南九州上陸作戦には反対だ、と言い出し、「我々は徹底的に検討しなければならない代案を持っている、と私は思います」と言い出した。遠回しの言い方ながら、原爆の存在を示唆したのだ。

マクロイはさらに「大統領が日本の天皇に宛てて強硬な通達を送るのが望ましい、と思います。この通達は、わが国が圧倒的な軍事的優位にあること、日本に完全な降伏を求めること、戦争を引き起こした責任者たちを除去した後、国家としての存続を認めることを明らかにする必要があるでしょう。（中略）。このような申し入れをしても、日本が降伏しない場合は、革命的な威力を持ち、ひとつの都市を一撃で破壊できる兵器をわが国が保有していて、なお降伏しないなら、これを使用せざるを得ない、と通告すべきです」とまで述べた。

マクロイは、体調が優れなかったスティムソンの代理として出席していたので、この発言は、スティムソンの意を体したもの、と出席者は理解した。

この発言に対し、トルーマンは「君が語ったことは、自分が求めていることの中にある」とだけ答えた。

7月13日、ドイツのポツダムでの米英ソ三国首脳会談に出席するため、太平洋上の軍艦にいたトルーマンに陸軍情報部からの特電が届いた。15日からの首脳会談は、第二次大戦終結後の世界の枠組みを決める最後の首脳会談になる筈だった。

特電は、モスクワの佐藤在ソ大使に宛てて東郷外相が売った「大至急・親展」の電報の翻訳で、近衛元首相をモスクワに特使として派遣し、スターリンに米英との停戦交渉の仲介を依頼したいので、会えるよう段取りしてくれ、というものだった。

電文の中には「天皇は速やかに戦争が終結することを念願している」というくだりもあった。また、「無条件降伏でないところの講和の早急な実現を天皇は希望している」とも述べられていた。天皇の地位保全、天皇制を戦後も存続させることだな、とトルーマンは思った。原爆投下前に、日本が降伏しないように、ポツダム宣言では、無条件降伏は日本に突きつけるが、天皇制については何も明記せずに、「降伏していいのかどうか」、日本首脳に迷わせた方がいい、とトルーマンは考えた。

また、日本首脳がスターリンに和平交渉を依頼している以上、ポツダム宣言にソ連も署名することは、日本の希望を打ち砕き、降伏を急ぐ結果になる、と考えたトルーマンは、ソ連に代わって中国の蒋介石を共同署名者にしよう、と考えたようだった。

ヤルタ会談で、俺（スターリン）はソ連の対日参戦の期日が、以前、ホプキンスに告げた「8月8日」より1週間ほど遅れて8月も中旬になる、と聞かされた。日本に原爆を投下する期日のオプションが拡がったことをトルーマンは喜んだ。

そして、21日についに、アラモゴルドでの原爆実験の結果についての詳報がポツダムに届いた。

ひとつの都市を一発の原爆で壊滅させられる、というのは本当だった。「原爆など科学者の妄想だ。そんなものに戦争の行く末、命運を賭けられるわけもない」とずっと言い続けていた統合参謀本部長のレーヒーが間違っていたのだ。

トルーマンは、ずっと際どい綱渡りを続けていた。ソ連の対日参戦前に日本に原爆を投下すること、原爆の完成前に日本が降伏しないように、スターリンによる和平交渉の仲介の可能性が残っている、と日本に思わせること、そのために、米英ソの共同の降伏要求宣言をポツダム会談後も出さないようにすること、しかし、ソ連の参戦直後に日本を降伏させ、ソ連軍の日本領土占領を実現させないこと、天皇制の存続については、原爆投下後、日本が悲鳴を上げて泣きついてきたら、ＯＫを出すこと─等々。この小物と思われていた大統領は、ルーズベルトにも劣らない「複雑な思考」が出来る男だったのだ。

国内事情もあって、早く第二次大戦を終結したかったチャーチルがしきりに求めていた「6

月中旬のヤルタ会談開催」も引き延ばした。スティムソンらの「天皇の地位を日本の敗戦後も保持する」という提案を一刻も早く、日本政府に示して、降伏を実現しよう、という再三のアドバイスも、バーンズを使ってはねつけ続けた。

こうして、歴史はトルーマンの思惑通りに展開し、ソ連の参戦直後に、日本はポツダム宣言を受け入れ、無条件降伏した。原爆の威力を俺にも、十分、見せ付けた。

しかし、中国での毛沢東政権の成立など、戦後世界、特に東アジアの動向は、蒋介石に過大の期待をしたルーズベルトの構想とは全く違うものになった。毛沢東は「帝国主義は張り子の虎」と原爆をせせら笑った。45年の9月11日にロンドンで開かれた3国外相会議でモロトフは早くもバーンズに対し「原爆を手にしての威嚇戦略は虚勢に過ぎない」と嘲笑してみせた。

ソ連が原爆開発に必死になっていることはおくびにも出さずに。

結局、原爆開発とは何だったのか。ボーアが勘違いしたほど、ヒトラーは原爆開発を重視してはいなかった。だから、ボーアがアインシュタインをせっついて、ルーズベルトに「原爆開発に着手すべきだ」という手紙を書かせたのは、ボーアの勘違いだった。

まあ、45年8月に日本が降伏したのは、原爆投下が決め手になったのは間違いないだろう。米国とわが国が、冷戦を続けたのも、原水爆戦になれば、世界が滅亡するという「核の抑止力」のせいだったことも間違いない。

俺の後を継いだフルシチョフが「平和共存戦略」を打ち出し、これに毛沢東が「マルクス主義の放棄だ」「帝国主義など〝張り子の虎〟だ」と噛み付いとて、「中ソ対立」が始まったのも、原水爆についての捉え方の違いだった。

しかし、広島、長崎以降、原爆は一度も投下されなかった。核兵器でなく、原子力の平和利用だ、と進められた原子力発電所もわが国のチェルノブイリ原発が大事故を起こし、21世紀になってからは、日本でも大事故が起きて、原発を廃止する方向に進んでいるらしい。

ソ連は1991年に崩壊したらしいが、当時の最高指導者のゴルバチョフは、「チェルノブイリがソ連崩壊の引き金を引いた」と言っているようだ。まあ、ソ連崩壊は、怠惰で頭の良くなかったブレジネフが長く統治したせいだ、と俺は思っているが。

ルーズベルトに接近したロスチャイルド家

ルーズベルトについては、我々もその経歴や性格を徹底的に調べた。父はニューヨーク州の富裕な地主で、鉄道会社の幹部。オランダ系ユダヤ人が先祖で、1788年の合衆国憲法制定会議に参加した先祖がいたことをルーズベルトは終生、誇りにしていたらしい。26代大統領のセオドア・ルーズベルトは叔父だった。

ルーズベルトの人生、政治思想に大きな影響を与えた妻のエレノアは、セオドアの姪、つまりセオドアの弟の娘だった。ハーバード大、コロンビア大ロースクールを出て、ニューヨークの法律事務所に勤めるが、まもなく、政界に出る。一時、ウッドロウ・ウィルソン大統領時代に、海軍次官を勤めたこともあり、この体験は第二次大戦ではとても役立ったようだ。

1920年には民主党の副大統領候補にまでなる。しかし、大統領選では共和党のフーバーに大敗して、1928年、ニューヨーク州知事に回り、33年に大統領になる。

歴史の浅い米国だから、ルーズベルトは、支配階級、エリートの典型のような経歴だ。しかも、民主主義国家といっても、次第に貴族志向が強まっていたから、ルーズベルトの貴族、ローマ皇帝のような風貌は、特に戦争指導者として、ヒトラーとは違った意味で、カリスマ性を持った。性格も複雑だったが、哲学的な思考をするタイプでは全くなかった。共産主義については、当時の米国のエリート層には一般的だった「反ボルシェビキ」「反共」ではあったが、特異な偏見、個人的な見解を持っていたわけではなかったようだ。

人種的偏見もあったが、チャーチルのように日本人などのアジア人を毛嫌いするのとは違って、黒人嫌悪が強かったようだ。妻のエレノアの血筋のデラノ一族が中国貿易で蓄財したファミリーであったこともあって、中国には好意的で、蒋介石を応援して、中国を民主国家にして、米英ソと中国で、戦後世界を統治しようという夢を死ぬまで抱いていた。蒋介石の妻の宋美齢とエレノアが親しかったことも、ルーズベルトの「親中国姿勢」に影響したようだ。

まあ、ビクトリア女王やエリザベス1世のような国民に好かれ、国力を発展させた「国王」

的な存在を目指していたようにも思える。そういう意味では、近代的な政治家ではなかったのかも知れないが、29年世界恐慌後の混乱と、世界大戦という未曾有の難局に遭遇したことが、ルーズベルトの「国王的統治」のスタイルを強めたのだろう。

もちろん、表に出ない関係もあった。巨大独占資本とのつながりだ。ロスチャイルド家の米国での代理人、ジョージ・フォスター・ピーボディは、ルーズベルトをずっと財政援助し、大統領選の頃には、やはりロスチャイルド一族のバーナード・バルークが選挙資金を仕切った。ルーズベルトがこういうロスチャイルド家の自分への支援をどう思っていたか、はあまり明らかでない。

ただ、大統領たる自分への、欧州最大の富豪一族の支援だ、と軽く受け止めていたのかも知れない。

ユダヤ人の国際金融資本であるロスチャイルド家の方は、ヒトラー亡き後の欧州や、中国の新秩序をにらんで、彼らとしての世界ネットワークを再構築しよう、としており、そのために、ルーズベルトに近づいたのは間違いない。国際金融資本は用心深く、表に出ない形で手を動かすため、何を企て、何をしたのかを突き止めることは難しいが。

ハイゼンベルグの暗殺計画の話をしようか。ハイゼンベルグが超天才だったことは間違いない。彼の「不確定性原理」が、量子力学を根本で支えている「考え方」だ。

ハイゼンベルグの才能を怖れたのは、恩師だったニールス・ボーアと、マンハッタン計画の技術面でのリーダーだったオッペンハイマーだったが、特にオッペンハイマーは、いかにも天才らしい少年のような容貌とは裏腹に、冷酷な性格でもあったようで、マンハッタン計画の最高責任者のグローブス将軍に何度も、ハイゼンベルグを拉致するか暗殺して、ヒトラーから〝隔離〟すべきだ、と提言していた。ボーアは、ヒトラーと当時のドイツについて、強い嫌悪感と懸念を抱いており、オッペンハイマーにも、この懸念が伝染したようだった。

最初は、1943年の半ばに、ハイゼンベルグとオットー・ハーンのいる研究所を空爆して、中にいる科学者を殺すことが検討されたが、実行されなかった。1年後には、それはハイゼンベルグの暗殺計画に形を変えた。

東南アジアにいた「ワイルド・ビル」・ドノバンがこの作戦のリーダーになり、ビルマでの戦闘時の部下で比類なき勇猛さの持ち主だったカール・アイスラーをリーダーとする実行グループを編成した。

ずっと東南アジアでOSSの仕事をしていたアイスラーは、スティルウェル将軍から、蒋介石の暗殺を打診されたこともあり、特殊作戦の経験が豊富だったため、この依頼にも驚くことはなかったが、ハイゼンベルグが何者で、暗殺の目的が何なのかは全く知らなかった。

「部下が10人いれば出来る」というアイスラーの意向に沿って集められたメンバーは「101部隊」と名付けられた。

ハイゼンベルクがヒトラー政権、ナチス・ドイツ体制をどう見ていたか、はそれほど明瞭ではない。外国の科学者のヒトラー批判に対しては、ドイツを擁護する発言をしたりしているが、一方で、ナチスを厳しく批判したりもしている。強烈な反ナチでなかったことは確実だが。ハイゼンベルクは、本質的に非政治的な人間だったのだろう。ヒトラー体制については、他国の物理学者との交流が困難になり、外国の物理学の文献が手に入れにくくなったことを嘆いていた。

ヒトラーが原爆の重要性をどこまで認識していたか、もあいまいだ。ノルウェーに重水の工場を作ったり、ウランの濃縮方法を研究させていたが、「時間がかかる」との科学者の報告で、徐々に開発に力を入れなくなっていた。フォン・ブラウンらがペネミュンデで進めていた英国攻撃用のミサイル、V2号の開発の方を重視していたことは間違いない。正規の大学教育を受けていないヒトラーは、原爆の原理を十分、理解できなかったことも間違いない。

ハイゼンベルグも原爆開発の先頭に立っていたわけではなかった。原子力発電、潜水艦などの動力としての原子炉の研究も行っていた。

どうして、原爆開発を強力なリーダーシップで進めなかったのか。ドイツの当時の科学技術の水準では無理と思ったのか、ウラン濃縮は出来ない、と思ったのか、ヒトラーにこの「究極の兵器」を持たせてはまずい、と危惧したのか、戦後の彼の発言もあいまいで、その「本当の胸中」はよく分からないままだ。

ナチス・ドイツを破った「救国の英雄」になる

第二次世界大戦とは何だったのか。俺のお師匠はレーニンだから、「帝国主義諸国の市場分割戦」だったとは思うが、同じ原因で始まった第一次世界大戦とは違って、というか、第一次大戦の敗北の結果、途方もない賠償を負わされて、経済が破綻し、国民が絶望したドイツ、革命に失敗して、左派が根絶されたドイツに、国民の絶望感を第一次大戦の戦勝国への攻撃、戦争で晴らそうと主張するヒトラーが政権を取ったことが、直接の原因で、これに、アジアの覇者を目指した日本が絡んで、世界規模の戦争になったのだろう。

もちろん、世界革命を目指したわがボルシェビキ、その国際革命指導部のコミンテルンの失敗がその裏側にあるわけだが、指導さえ間違わなければ、ドイツ革命は可能だったのだろうか。

コミンテルンの世界革命の失敗のツケは、もちろん、俺の肩に重くのしかかってきた。

ヒトラーの手足を縛り上げようと、「独ソ不可侵条約」まで結んだが、ヒトラーは条約の文言に拘束されるような男ではない。英国占領計画の挫折もあって、わが領土になだれ込んできた。

「帝国主義戦争を内乱へ」を実現出来なかった俺の失敗のツケが回って来たのだ。4年間、死にもの狂いで戦って、やっと「ヒトラーの軍隊」をベルリンに押し返した。我が国民にも膨大な犠牲が出た。ヒトラーが狂気に囚われていなければ負けていたかも知れない。

1917年のロシア革命以降も、戦いに継ぐ戦いだった。少し疲れた。革命家の生涯は、「戦いに継ぐ戦い」なのだろうが。4期12年も大統領をやったルーズベルトは、日本の降伏の半年前に急死してしまった。戦争指導で疲労が蓄積したのだろう。こんな「戦争に継ぐ戦争」でない20世紀も有り得たのか。ドイツ革命が起きていたら、第二次世界大戦は起きなかったのか。しかし、そんなことをゆっくり考える暇もなかった。

共産主義が大嫌いなチャーチルは、大戦終結前から、「ソ連は、自分の勢力圏で、好き勝手なことをして、それが外部に漏れないように、〝鉄のカーテン〟を下ろしている」と我々を非難していた。

大戦終了後は、東西冷戦が始まった。また「一種の戦争状態」だ。

しかし、2000万人もの犠牲者を出したわが国が、戦争終結時に、何の「勢力圏拡大要求」もしなければ、俺は国防軍のクーデターか、怒り狂った国民の誰かのテロで、暗殺されていただろう。

ポーランドを通過してわが国境線になだれ込んできたドイツ軍の軍事作戦のような事態が2度と起きないようにするためには、わが国と国境を接するところには、我々の意向に沿う振る舞いをしてくれる国を作ろうとするのも当たり前だ。

幸か不幸か、わが国も、大戦終結直後には核兵器を保有したから、「冷戦」は核兵器の抑止力を背景にしたにらみ合いになって、「ホット・ウォー」には至らなかった。しかし、つばぜり合いは、世界規模で続いた。戦争をなくすことはこんなにも難しいのだろうか。

ずっとマルクス・レーニン主義を信じていたかって。難しい質問だな。

「プロレタリアの祖国」「共産主義の総本山」のソ連の「無謬の指導者」たる俺は、建前上もちろん、「最も偉大なレーニンの後継者」だ。

しかし、ドイツ革命の流産と、コミンテルンの各国の階級闘争の指導がはかばかしい成果を挙げられないことがはっきりしてきた30年代半ばからは、「レーニンの教え」にはあまり関心はなくなっていた。

もちろん、資本主義、帝国主義は敵だ、と思っていたから、出来るだけ彼らの思惑を潰してやろう、とはずっと思い続けていた。これはイデオロギーだけの話ではない。米国や英国の手足を縛り上げておかないと、われわれの政権を転覆させて、資本主義者の政権に代えてしまうことをずっと企んできたあいつらの思うとおりにされてしまうからだ。

しかし、大戦のダメージは大きく、終戦後はまず、新たな5カ年計画を策定して、国内インフラの再建から始めなければならなかった。一刻も早く、わが国も原爆を作れるようにすることも大きな課題だった。しかし、党のカードルは戦争での犠牲になった者が多く、指導部形成は困難だった。

戦争指導で疲れたのか、俺の周りにいる連中が、英国のスパイやユダヤ人の手先に見えて、苛ついた。

ベリヤも以前ほど従順ではないし、俺の前ではいつくばっていても、裏は別の動きをしている、という情報も入ってきていたし。死ぬまで俺がこの国の指導者を続けるのか、誰かに今の地位を譲って俺はリタイアするかも迷った。

ベリヤは、俺が地位を譲った途端に、俺を捕まえて、これまでの悪行を白状させ、俺を処刑しかねないし。俺のこれまでの悪行は、そのほとんどにベリヤも絡んでいるのだが、それも全部、俺がやったことにすり替えてしまうだろう。よく働く能吏なのだが、人間的には全く信用出来ない奴だ。もっともベリヤも俺のことをそう思っているだろうが。

フルシチョフは、スターリングラード攻防戦のコミッサール（政治将校）としては、頑張った。この「ウクライナの百姓」はなかなか図太く、しかも粘り強い。俺の後継にはいいかもな、と思ったこともあったが。

同じ百姓顔のマレンコフは、フルシチョフより遥かに狡猾で、機を見るに敏だし、権力者の前では徹底的に這い蹲るが、所詮、ナンバー2のタマだ。ブルガーニンは官僚に過ぎないし、モロトフやカガノビッチは俺に近すぎて、俺が権力を失えば、途端に消されるだろうからな。

まあ、もうしばらくは俺がやるしかなさそうだな、と俺は死ぬまで考えていた。だんだん、「おれが死んだあと、ソ連がどうなろうと、知ったことではない」という心境になっていた。

ナチスドイツを打ち破った「救国の英雄」として、当分、俺の人気は下がらないだろうし。

大粛清の話か。あまり話したくはないんだが。

10代から革命家で、毎日、命を失うリスクを抱えて生きていくのは、とてもストレスがかかる。それは、並みの神経ではない俺でもそうだった。だから、時々、狂気に陥るのだ。

最初は、トロツキーら俺のボルシェビキ党員としてのライバルとのサバイバル競争のつもりだったんだが、そのうち、無実と思われる相手も粛清するのが面白くなったのだ。俺の権力の前に、皆がひれ伏して命乞いをする様を見るのが楽しくなったのだ。

「鋼鉄の意志」を持っている、と世間的には思われていたボルシェビキたちが、実はとても弱い心の持ち主で、死刑判決を受けると、ヘナヘナと崩れ落ち、命乞いをして泣き叫ぶのを見るのが楽しかった。ブハーリンなど、助命嘆願の手紙をやまほど寄越したほどだ。

まあ、俺の精神もおかしかったのだろう。レーニンなら、こんな心境になることはなかっただろう。グルジアという田舎の、貧乏な靴屋のせがれに生まれたことも影響していたのだろう。モスクワ大学法学部中退というレーニンとは、そもそも出発点が違い過ぎた。

俺が自分の狂気を抑えられなかったために、ソ連が崩壊してしまった、とすれば、申し訳ない。一時は、俺に異を唱えたり、注意をしようとする奴は、全部、殺したい、と思っていたから、誰も俺を止められなかったのだろう。

俺がライバルのいない「絶対的な権力者」になってからは、俺に阿て、目立とうとしたり、点数を稼ごうとした官僚どもが、次々に「反革命分子」をでっち上げて摘発していた。

無実であることがはっきり分かった奴もいっぱいいたが、面倒くさいので、エジェフらの言うとおりにさせた。それで粛清者の数が飛躍的に増えてしまった。白軍との内戦中もそうだったが、英国や日本などは、ずっと俺の暗殺を狙っていた。そういう「外敵」の存在も、粛清が続いた理由だ。

プロレタリアの解放を目指し、本気で、しかも命を賭けて革命を実現したのだが、本当は個人的には、「人間嫌い」「誰も信用しない」という男だったのだ。俺は。子供の頃に、暖かい家庭がなかったせいかも知れない。

チャーチルの作戦変更に俺は怒り狂った

第二次世界大戦は、もっと早く終わるはずだったのに長引いた。そのいきさつを語ろう。しかし、なぜ、そうなったかは、俺にも分からない。ルーズベルトやチャーチルをも動かす「影の力」が存在したのだろうか。

ハリマンとチャーチルは、日本の真珠湾攻撃の半月後、1941年12月下旬から20日間ほど、米国に滞在し、ドイツへの軍事的対応を米国側と協議した。会議は「アルカディア」、軍事作戦は「トーチ作戦」という暗号名が付けられた。

ドイツとの軍事衝突が必至のソ連への援助は当然としても、トルコと中東を軍事的に強化することと、北アフリカの海岸線を米英軍が占領することになった。特にチャーチルは、フランス領北アフリカへの軍事心中を強硬に主張した。作戦の第一目標は「カサブランカ進駐」となった。太平洋、即ち日本との戦争は、米国が単独で担うことも決まった。

どうして、ドイツを軍事占領することを最優先にしないで、戦線を世界規模に拡大することに力点が置かれたのかは分からない。チャーチルは、ドイツにあっけなく降伏したフランスの植民地を手に入れる野心があったのか。下手をすれば、英国本土がドイツに軍事占領される可能性もあったのに。

とにかく、風雲は急を告げ、42年1月には、駐米大使だったリトビノフが、「ドイツの攻撃が切迫している。米英のわが国への支援を確実にする必要があり、米軍のヨーロッパ大陸上陸か、あらゆる面で優秀な敵に対抗するため、大量の航空機と戦車を必要としていることを、米英に言明する必要がある」というメッセージを送ってきた。

そこで、俺は外相のモロトフを米国に派遣して、ルーズベルトと会談させることにした。

4月には、ホプキンスとマーシャル米陸軍参謀総長が渡英し、ヨーロッパ大陸上陸作戦をチャーチルに伝えた。「トーチ作戦」とは違って、欧州大陸での軍事作戦を最優先し、これに全力を注入しよう、というものだった。

モロトフは訪米の途中で、ロンドンに立ち寄り、英ソ同盟条約に調印した後、ワシントン入りした。ルーズベルトに会ったモロトフは「1942年に米英ソ同盟軍が、独ソ戦線からドイツ軍40個師団を撤退させられれば、独ソ戦での我々の勝利は確実だ」と、俺に言われたメッセージをその通りにルーズベルトに伝えた。

ルーズベルトは会談に同席していたマーシャルに、「我々はいつでも欧州大陸で第二戦線を構築できるとスターリン閣下に報告できるかね」と尋ね、マーシャルはうなづいた。ルーズベルトは「年内に第二戦線を開設できると貴国政府にお伝え願いたい」とモロトフに告げた。

しかし、結果的には、このように事態は進まなかった。42年9月に予定されていた米英軍の欧州大陸上陸作戦は延期され、代わって北アフリカ進攻作戦が実施されることになった。

チャーチルにこの変更を強く迫ったのは、ビクトリア女王のひ孫で、ジョージ6世のいとこだったマウントバッテン卿だったと言われている。米軍のこの作戦の作戦の司令官には、アイゼンハウワーが就任した。

英国が、この時期の大陸での第二戦線構築に賛成しなかったのは、独ソ戦でソ連が早々に降伏し、自信を深め、兵力も増強されたドイツ軍と真っ向からぶつかることになる、という見通しを持っていたため、と言われる。しかし、そうなら、北アフリカでの第二戦線構築に、どういう意味があったのだろう。むしろ、ソ連に米兵を送り込んで、共同でドイツ軍と戦わせるのが、最も妥当な作戦だったのではないか。

この作戦変更については、アーノルド・トインビーが序文を書いているW・H・マクニールの「大国の陰謀」にも、「第二次大戦の全期を通じて、最も危険な局面だった」と書かれている。

また、「ドイツとソ連の共倒れを狙ったのだ」という左翼系学者の見解も表明されている。

怒り狂った俺は、チャーチルやハリマンの背信を糾弾、「1943年には、大陸での第2戦線構築に有利な条件を提供できるとは限らない」という恫喝も含む文書をチャーチルに送り、「勝利の確信が持てないからだ」と弁明したチャーチルに対し「危険を覚悟しないで、どうして戦争に勝てると言うのか。米国はそれほどまでにドイツを怖れているのか」と侮辱的な言辞も弄した。

ルーズベルトも、大陸上陸に固執し続けたが、チャーチルの翻意を得られないまま、時間だけが過ぎていった。結局、ノルマンディ上陸作戦として知られ、米英兵200万人が参加した「史上最大の作戦」が実施されたのは、1944年の6月6日だった。

我々は、この2年間、米国の援助はあったものの、単独でドイツ軍と死闘を続ける羽目になった。我が国民の愛国心、勇猛果敢さのおかげで、ドイツ軍を国境の外へ押し返すことは出来たが、これが俺が米英に決定的な不信感を抱く決め手となった。戦後の冷戦の発端も、大陸上陸作戦を遅延、サボタージューしたチャーチル、英国への不信感が最大の要因だったのだ。

太平洋戦争開戦の最大の引き金はなにか

日本の第二次世界大戦開戦に至る経緯を見てみようか。

１９４１年夏に、独ソ開戦に伴って、日本は7月2日の御前会議で、わが国を主敵とする「北進論」と、インドシナ半島、当時の言い方に従えば仏印（フランスの植民地だったインドシナ）に進駐すべきだ、という「南進論」が対立し、結局、両論併記という妥協を図る。北進論の急先鋒は、当時の外務大臣の松岡洋右と陸軍だった。

当時、大本営参謀だった瀬島龍三は、未刊行の「北方戦備」という手記に「武力行使は、極東ソ連軍の戦力半減し、在満鮮16ヵ師団（新に増派する2師団を加えた）を以って攻勢の初動を切り、後続4ヵ師団を逐次加入し、約20ヵ師団基幹を以って第1年度の作戦を遂行し得る場合であること。

但し大本営としては総予備として更に約5ヵ師団を準備し、之を満州に推進する如く腹案す」と書いている。「極東ソ連軍の半減」は実現しなかったが、陸軍、関東軍の「北進」の意欲はこのように強烈だったのだ。このため、8月には、陸軍の暴走を懸念して、大本営政府連絡会議で「対ソ外交交渉要綱」がまとめられた。「紛争生起するも日ソ開戦に至らざる如く」せよ、とクギを刺している。

ノモハン事件については前にも触れたが、ここでの大敗北が、陸軍の「北進論」を頓挫させ、陸軍が逼塞する事態がしばらく続く。

しかし、１９４０年（昭和15年）5月にドイツは、ベルギー、オランダを攻撃、マジノ線を突破して、パリ占領を目指す電撃的な進撃作戦を開始する。パリは1カ月ほどで陥落してしまう。

これで陸軍はまた意気軒昂になり、シンガポール奇襲作戦をやろう、などと言い出す。「南進論」への転向だ。

他国の軍事作戦の成功で、元気付くというのもお粗末極まりない話だが、勢いがついてしまい、第二次近衛内閣は7月には「武力を用いても南進」と言う国策を決定、第二次大戦の方向性が確定してしまう。米国を主敵とすることがこの時点で決定してしまったのだ。

日ソ不可侵条約の締結と、日独伊三国軍事同盟の強化方針も打ち出された。主敵たる米英への備えを固めよう、というわけで、実際には、ヨーロッパ大陸でのドイツとの戦争に手一杯だった英国は主敵とは見なされていなかったから、米国主敵論だったわけだ。

明治以来、反共主義の観点から、ソ連主敵を唱え続け、シベリア出兵やノモハン事件を起こしてきた陸軍の方針が大転換したわけだ。ここから真珠湾攻撃までは、一瀉千里だったのだ。

この日本の選択は、俺にとっては、本当に「勝利の女神の微笑み」だった。当時は、日本軍部内の暗闘など何も知らなかったし、実際には1万キロも離れたモスクワに日本軍が到達することなど有り得なかったろうが、欧州戦線の国境に貼り付けた赤軍の一部を極東に回していれば、41年6月のドイツ軍の侵攻時には、もっともろくわが戦線は崩壊し、ドイツ軍は一気にモスクワに殺到したかも知れなかった。

奇妙なモノの考え方をする日本人はさっぱり理解できないが、この「南進の選択」については、日本の軍部に本当に心から感謝したい。助かったよ。それでも日本軍部は1942年までは、何度もわが国との開戦を検討するが、彼らが望んでいたほど、極東のソ連軍が減らなかったため、結局諦めた。わが赤軍、陸軍の強さに必要以上に脅えていた面もあったようだ。

近衛首相は1941（昭和16年）に、ルーズベルトに会おうとする。ワシントンの野村駐米大使に、米国政府の意向打診を訓令し、自分でも、米国の駐日大使のグルーに会いに行く。しかし、米国側は、日本の南進路線をカモフラージュするための会談と見ており、積極的ではなかった。

しかも、日本軍が南部仏印に進駐した7月28日の直後に、近衛からの親書が国務省に届き、最悪のタイミングとなった。

それでも、チャーチルとの船上会談で、大西洋上の船にいたルーズベルトは、チャーチルとともに近衛の提案を検討した。ルーズベルトは、日本が仏印進駐軍を撤兵し、これ以上、東南アジアに軍を出さないことを確約する可能性があるのなら、会ってもいい、とチャーチルには言った。

そして、野村大使には、10月中旬ころ、アラスカのジュノーで会ってもいい、と伝えた。近衛も大喜びしたが、会談は一向に実現しなかった。対日強硬派だったコルディ・ハル国務長官が「日本は力で言うことを効かすしかない。わが国への開戦準備の時間稼ぎをさせるわけにはいかない」と強硬に反対し続けたためだった。

ルーズベルトも、この近衛のトップ会談の要請は、米国の開戦準備のための時間稼ぎとしか思っておらず、首脳会談で日米開戦が回避できる可能性は初めからなかったのだ。

いったん、首脳会談開催に戦争回避の期待をかけた近衛は、煮え湯を呑まされる結末となった。米首脳の胸中についての「読み」が甘かったのだ。

ルーズベルトは、チャーチルとの船上会談の1カ月前に、「在米日本資産の凍結」の行政命令にサインした。この時点では、全面的な対日通称禁止は明言されなかったが、後に国務長官になるディーン・アチソンは、「アメリカ政府は今後、日本との通商に対して、いかなる資金投入も認めず、輸出許可証も発行しない」と発表、41年7月21日以降、日本に石油が入って来なくなった。

これが太平洋戦争開戦の最大の引き金と言われている。そして、12月7日、日本海軍の連合艦隊がハワイ・オアフ島のパールハーバーに停泊中の米第六艦隊を奇襲攻撃する。

この一報を知ったルーズベルトもチャーチルも「ひどく驚いた」と回想録や側近の手記に書かれているが、今日では、ふたりは、開戦の期日や日本軍の攻撃目標が真珠湾であることを事前に知っていて、演技をしたのだ、との見方が有力だ。

ルーズベルトやハルの対日観の根底にあったのは、日露戦争で、非白人国としては初めて、いわゆる列強に伍してきた日本を警戒して策定された「オレンジ計画」の考え方だった。

即ち、日本の天命は、世界を征服して支配することである、と日本の陸海軍人や国家主義者は考えている、とし、「日本のこのような拡張的野心の実現を阻止するために、アメリカは極東で断固たる態度を取らねばならぬ」というものだった。

日本が米国に膝を屈して、ひたすら「恭順の意」を表明し続けるのならともかく、中国大陸や仏印で大規模な軍事作戦、軍隊の駐留を行いながら、外交交渉で開戦を避けよう、といっても、米国の対日観が、このように峻烈なものであった以上、近衛らの和平の努力は、最初から水泡に帰すことを運命付けられていたのだ。

「万世一系の天皇制」はアニミズム的宗教だ

日米の圧倒的な経済力、軍事力の差を冷静に判断して、どんな屈辱的な交渉・条件にも応ずるつもりだったなら、回避の道はあったかも知れないが、日露戦争の勝利以降、強気一点張りの軍部、特に陸軍を抑え込むことは近衛にしろ、誰にしろ不可能だった。

ただ昭和天皇だけが、それを可能にする力を有していたが、帝国主義的価値観、国威発揚を幼少時から叩き込まれた天皇にも、「和平絶対」のスタンスを取る可能性は皆無だった。

まあしかし、日本が太平洋戦争に負けたのは、軍備や米国との外交交渉能力の拙劣さのためではない。彼らがアジアに覇を唱えよう、と掲げたイデオロギー、理念に何の普遍性もなかったことが致命傷だったのだ。

「万世一系の天皇制」「八紘一宇」という理念は、どうみても、近代以前のアニミズム的宗教としか思えない。アジア地域で唯一、資本主義的近代化には成功したものの、国民の思想レベルは、前近代のままだったこの国の状況を反映していたのだろう。それでも、米英との激烈な資本主義的競争に喘吟していたこの国の国民の統合軸としては、それなりの力を発揮し、ひいては、太平洋戦争を戦い抜く「戦闘精神」を引き出すことには成功した。

しかし、そのイデオロギーとしての力の及ぶ範囲は、所詮、国内止まり。朝鮮半島や中国、東南アジアでは全く通用しなかった。このことに、日本の指導部は全く無知、無自覚だった。おまけに、八紘一宇などという中味の全くない空疎なスローガンしか見出せず、軍事占領したアジア地域にどのような国家共同体を作り上げるのか、についても何のビジョンも有していなかった。

「創氏改名」などという非占領国の国民の民族感情を徹底的に踏みにじる愚か極まりない植民地政策も実施した。英国のような「巧みな植民地管理政策」を遂行する能力は最初からなかったのだ。もっと言えば、ヒトラー同様、戦争遂行目的が確立していなかったのだ。「領土を拡大する」ことには必死に拘泥していたが、「拡大した領土を維持・管理し、国力を発展させる」政策は持ち合わせていなかったのだ。

いったい、太平洋戦争で、この国の指導部は何を得ようとしたのか。米国を占領出来るなどとは全く思っていなかったことは、開戦前の軍の指導部の発言からも明らかだ。

緒戦で出鼻をくじき、米国が回復する前に和平交渉に持ち込んで、中国での権益などについて、日本に有利な停戦条件を引き出そう、といった程度の〝構想〟だったようだが、開戦後、こういう和平を米国から引き出す努力は全くしていない。何のために、何を目指して戦っているのかも、分からなくなっていたようだ。「全くの無駄」「ナンセンスな戦争だった」と言えるのだ。

北進して、わが政府を打倒し、シベリアなどを占領する思惑もあったようだが、これも白昼夢。日本軍が、1万キロも離れたモスクワに到達できるわけもない。しかも、米国との関係と違って、具体的な敵対問題が日本とソ連の間に存在したわけではない。

後発資本主義国の特徴である「極端な反共主義の国」ではあったが、いくら何でも、反共イデオロギー、コミュニスト憎しだけでモスクワまで攻め上ってくる国などある筈もないし、攻め上がれない。

日独伊防共協定は紙切れにすぎなかった

日本軍は、仏印戦線や中国本土でもそうだったが、ロジスティックスが甘い。補給戦が続かず、キープできる見通しがない地域にまで、平気で戦線を延ばして来る。その理由は良く分からないが、「精神主義」、つまり、「精神力で困難は克服できる」と言う考えが強過ぎるためではないか。輸送機、輸送車両、輸送船など、ロジスティックス用の輸送手段も貧弱だ。空軍、陸軍、海軍とも、戦闘に直接関わる艦船、攻撃機、戦車、砲撃車両などに偏り過ぎていた。それに、空軍力はもともと貧弱で、この点はわが国に似ていた。

まあ、日本軍の「北進」は、41年6月のドイツの対ソ開戦とこの年いっぱいの攻勢と絡めて初めて、軍事的意味を持ったのだろう。それも、極東地域を日本が占拠する、といった「具体的な戦果を上げられた」という意味ではなく、わが軍の配備が欧州戦線と極東戦線に二分される「股裂き」に会い、特に30個師団、300万人という史上空前の大部隊を動かしたドイツの攻勢に、首都モスクワが陥落したかも知れない、という意味で。極東やシベリアなど、日本が占領しても、ほとんど何の意味もなく、わが国のダメージもなかったろう。せいぜい日本人の「国威発揚」意識を一段と高揚させただけだったろう。

しかし、実際には、こういう連携も起きなかった。日独伊の防共協定や三国軍事同盟など、単なる「紙切れ」に過ぎなかったようだ。

ノモハンでの敗北が、よほど応えて、「ソ連軍恐怖症」に日本が陥っていたのか、既に「南進論」

にカジを切って、米国との戦争の準備で手一杯だったのか。まあ、近視眼的で、マクロな視点は全く持てないという日本人の「負の民族性」が発現しただけなのかも知れないが。

だから、日本が今回の大戦で何を得ようと、米国との開戦に踏み切ったのかは、さっぱり分からない。ヒトラーのドイツも同じだが、ヒトラーは狂人だから、納得できる合理的な開戦理由など最初から持っていなかった。「第三帝国」「千年王国」「ハインリッヒ大帝」―狂人の妄想だ。日本の指導部は狂人ではなかったし、カリスマの独裁でもなかったが、戦争遂行の目的はこちらも曖昧模糊としてままだった。日露戦争に勝って舞い上がって、中国での戦線を無計画に拡大し、しかも、中央政府の意向も全く無視できる「関東軍」という「無頼者の集団」が存在したこと、そのことで米国の反発を買い、遂には石油輸入がストップしたこと、などが開戦までのいきさつだが、石油輸入問題など、戦争で解決する問題ではない。外交交渉の問題だ。日本軍の中核だつた陸軍が天皇の言うことすら無視しかねないほどの、一種の「独立王国」「治外法権」になったことが、国の暴走が止まらなかった最大の原因のようだ。関東軍のような存在を許す国というのも理解できないが。

戦争をしてまで、達成したかった目標がはっきりしていなかったため、降伏時の条件もあいまいなものだった。

「天皇制護持」が絶対に譲れない条件だって。バカみたいだ。別に天皇制を守るために戦争を始めたわけではないのに。墓穴を掘った、というのはこういうケースを言うのだろう。

もちろん、日本の戦争は、わが師、レーニンが「帝国主義論」で分析したように、帝国主義諸国による市場分割戦なのであり、後発の日本が、アジアでの独自の権益を確保しようと、「自らの権利」を声高に主張した結果なのだ。

当時の日本の指導層に「帝国主義論」を読んでいた奴は少しはいたのかな。ゾルゲ、尾崎秀実は読んでいた。共産党から転向して、権力中枢の周辺を蠢いていた奴もいたから、レーニンのこの理論もある程度、知られていたのかも知れない。

近衛は、京大時代は左翼思想にシンパシーを感じていたらしいし、「帝国主義論」を読んでいたという話もあるようだが。

しかし、日本には「帝国主義戦争を内乱へ」という「4月テーゼ」を実行できる左翼勢力は存在していなかった。革命前のロシア以上に、この国は、後進国で、資本主義化に一応、成功していながら、天皇などという訳の分からない存在を担ぐ「絶対君主制」だったのだ。絶対君主制なんて、フランスでは、フランス革命以前の体制なのにな。

ヒトラー側近の権力抗争が絶えなかった

それにしても、赤軍の粛清はまずかった。あの頃は、俺は何かに盗り憑かれたように、粛清を重ねていた。精神異常状態だったのだろう。革命以来、俺にかかったストレスが暴発して。

しかし、あの「ナチスの野獣」ハイドリッヒの罠に嵌るとはな。あの野獣も俺の手で捕まえて、尋問してやりたかったな。どれくらい、恐怖に耐えられるのかを見たかった。レジスタンスに襲われた時は、瀕死の重傷を負いながら、銃を撃って反撃したらしいから、元ドイツ国防軍の軍人らしい根性はあったようだが。しかし、素行不良で（女性問題）除隊させられたのだから、全く「真の勇士」ではなかったのだろう。

アラン・ブロックという歴史家が見抜いたように、トゥハチェフスキー元帥の粛清は、独ソ戦でわが軍が劣勢になった場合、俺に対する軍のクーデタが起きることを未然に防止するのが、主たる狙いだった。

何しろ、レーニンもトロツキーも高く評価していた「革命以来の軍の英雄」で、カリスマ性もあり、赤軍内の人気も抜群だった。プジョンヌイなどと言った他の軍幹部とは段違いだった。いつかは失脚させてやろう、とずっと思っていたわけで、ハイドリヒの罠に易々と乗った訳ではない。トゥハチェフスキーが俺を打倒するクーデタを計画していた、というのは事実無根だったのだろうがな。

しかし、赤軍幹部の粛清に手をつけたせいで、独ソ戦の序盤では、負け続けた。タイミングが悪かった。トゥハチェフスキーが生きていたら、本当に俺へのクーデタが起きていただろうか。ヒトラーも、レームら「突撃隊」を粛清したのは、同様の不安を感じたからなのだろうか。

1944年7月に、貴族出身のシュタウフェンベルグ大佐のヒトラー暗殺未遂が起きた時は、ヒトラーも、ドイツ国防軍の粛清をやっておけば良かった、やはり、戦争前に、軍の粛清を断行したスターリンは正しかった、と側近にもらしたらしいがね。まあ、緒戦の華々しい大勝利の頃とは裏腹に、負け続けたこの時期のヒトラーなら、暗殺されても当然だったわな。よく、ベルリン陥落まで生き延びられたものだ。

ヒトラーは、行政官的仕事は一切、しなかったらしいな。全部、官房に任せて。だから、ナチスはいつも、側近の権力抗争が絶えなかったのだろう。ヒムラー、ゲーリング、ボルマン、ハイドリッヒ、リッペントロップら。

ヒトラーの面白いところは、国家、統治機構よりも、自分がはるかな高みにいる、超絶的な独裁者だ、と思っていたらしい点だ。唯一無二、超絶無比の「神のような独裁者」が、全てを決める、というわけだ。だから大統領と首相を兼務して「総てを統べる」から「総統」と呼ばせたのだ。

これだけの独裁者は近世では例がない。しかも、ルイ14世のように、国王を世襲し、「王権神授」説に立っていたわけでもない。俺のように、マルクス、レーニンの威光、ロシア革命の威光をバックにしていたわけでもない。

たった一代限りの独裁者、「自分は絶対に間違いをしない神のような人間」と、自分自身を狂信していただけのファナチストが、国家も、その統治機構も、官僚も軍の意向も全く無視して、それらの外に立って、国家の進路、民族の運命、戦争の遂行を決めていたとは。奇跡のような話で、20世紀にこんなことが実現したこと自体が信じられない。しかも、聡明な国民が多いドイツで。

もっとも、実際には、ヒトラーは、重大な決断を迫られた際には、いつも迷い続け、独ソ戦開戦の日も、ヒトラーの迷いのお蔭で、4カ月も遅延した。6月でなく2月から3月に開戦していれば、冬将軍の到来による寒さと積雪にドイツ軍が苦しめられることもなく、モスクワは陥落して、ドイツ軍の支配下となっていたろうから、「ヒトラーの逡巡様々」なのだが。まあ、ヒトラーというのは「羊頭狗肉」だったわけだ。しかし、この「神がかった自信」がどこから生まれたのか、とても不思議だ。神の声を聞く力もなかったくせに。

国家運営に携わる膨大な官僚機構は俺も苦手だった。まして、社会主義国家では、森羅万象をさばかなければならない。

しかし、ナチスと違って、わが国は、党が支配し、そのトップたる俺があらゆることを決めないとならない。官房機能に丸投げしていては、その権限が肥大化し、いずれは俺をしのぐ権力を持ってしまう。そうならないために、俺は何でもやった。哲学や言語論の論文、唯物弁証法の理論書まで書いた。哲学者にして独裁者、戦争指導者というのは俺くらいだろう。

昔々、ローマのマルクス・アウレリウスという皇帝は、戦場で哲学エッセイを書いていたようだが。そう「省察録」だ。今でも読まれているらしい。俺も、ヒトラーのように、何の根拠もないのに、「絶対的な独裁権力」を握りたかった。
しかし、「レーニンの側近」として世に出た俺には、そうはいかなかった。いくら俺でも「ロシア革命は、実はレーニンではなく、俺がやったのだ」と言うほど、図々しくはなかった。もっともそうすべきだったのかも知れない。トロツキーのロシア革命への貢献は、歴史を偽造して消し去ったが。

「世界に冠たる王室」に祭り上げられた天皇

日本のある左翼系評論家が1960年代後半に出版した本の中で、「太平洋戦争突入直前から、日本はコミュニスト、反戦平和主義者、反軍国主義者、反天皇制主義者などあらゆる革新派、体制変革派を「根絶」してしまったため、自己革新能力が喪失し、結局は、無条件降伏という戦争遂行の結果としては最悪の結末に逢着して、戦勝者の連合国によって、体制刷新をしてもらうしかなくなった」と書いているらしい。

面白い見方だし、日本という謎めいた国を理解するのに役立つ。

結局、トルーマンや米首脳が持て余したのも、日本人というか、軍も含めたこの戦争指導層のほとんど外国人には理解し難い「天皇」「国体」への執着だった。

天皇制などは、明治維新というこの国のブルジョワ革命を達成するために担ぎ出された

「一種のイデオロギー」に過ぎず、「万世一系」もダボラに過ぎないことは、天皇を「錦の御旗」にした明治維新の担い手たちもよく分かっていた。

400年も続いた徳川幕藩体制というこの国の封建支配体制の時代には、天皇の存在すら、ほとんどの国民は忘れていたのだ、という。

しかし、維新以来の教育・洗脳で、「世界に冠たる王室」に祭り上げられ、とうとう、戦争遂行の「理論的支柱」にまでなってしまった。しかし、もちろん、他の国を植民地化し、侵略を正当化するには、何の役にも立たなかった。中国人、朝鮮人、東南アジアの諸国民に取って、天皇など何の関心も共感も呼ばない「戯言」だった。こんなものを担いで、戦争遂行を正当化したこと自体が、日本という国が「帝国主義国にもなれない2流国家」の証明なのだ。

それにしても、第二次世界大戦のように、近代国家でこれだけ軍人が前面に出て、国家運営、政策決定に関与した例は、ドイツと日本以外にはないだろう。

ただし、ナチスドイツは、ゲーリングもハイドリッヒも元軍人に過ぎない。まあ、ヒトラーも元軍人、伍長だったが。

日本の場合、天皇の出る「御前会議」というのが、政策決定の最高機関だったのだから、民主主義国家とはとても言えないが、それでも、政党政治はあった。

しかし、5・15事件の頃から、クーデタを「脅し文句」に、若手軍人の暴走が始まり、特に満州政策について、軍の最高決定機関だった大本営をも無視して、関東軍という現地駐屯部隊と、大本営周辺の若手軍人が勝手に次々、強硬方針を実行していく。国家が統治機能を喪失していったのだ。

若手軍人も、ほとんど何の戦略もないまま、ただ、軍事的膨張、戦線の拡大を追及していく。しかも、これに陸軍内の派閥抗争、人事が絡み、陸軍の内紛がそのまま、国の植民地政策と直結する、という異常事態がずっと続くことになった。こういうケースは珍しい。フランスの植民地だつたアルジェリアを独立させようとしたドゴールにアルジェリア常駐部隊だった元軍人が抵抗し、ドゴールの暗殺を何度も企てた60年代のフランスが、類似したケースと言えるだろうか。

1960年代後半に日本の評論家が指摘したという「自己革新能力の喪失」という点が、この凶暴な帝国主義国家の最大の陥穽だったのだろう。

特高やテロで、コミュニストどころか、政治家まで沈黙させてしまい、とうとう、陸軍内部の暗闘のみが、国家を駆動するモチベーションになってしまった、ということなのだ。

幅の狭い思考しか出来ない軍人の暗闘では、ダイナミック、弁証法的な議論は生まれない。中国大陸での展開を巡る対立は、決着点の見えない軍事作戦のエスカレーションに終始してしまった。

太平洋戦争での「破局への突進」はもうこの時点で、その雛形ができていたのだ。逃げ道はなかったのだろうか。

第4章

第二次世界大戦の戦局はどう展開したか

ミュンヘン会談（1938年9月）から帰国した
イギリス首相ネヴィル・チェンバレン

日本海軍の真珠湾攻撃とヒトラーの独ソ戦

第二次大戦というか、太平洋戦争勃発に至る経緯で、謎めいているのは、米国の中国への執着だ。米国は、満州事変のころでも、中国との貿易は微々たるものだった。その権益、利権を放棄しても、米国経済には何のダメージもなかった。

だから、日本の中国侵略を「決して認めない、許さない」という態度に終始したのは、別の理由がある。第一次世界大戦終了後に20年もかけて検討・立案された「オレンジ計画」がベースにあったのだろう。

この計画は米国と日本の単独の、というか、同盟国なしの戦争のシミュレーションを行ったものだが、根底には「太平洋を挟んで対峙する両国は、必ずアジアの利権を巡ってぶつかり合う」という米国側の強い信念があった。中国大陸での日本の経済的・軍事的利権・影響力の拡大を傍観していれば、日本の国力増大をもたらし、将来の米国との激突で、米国に不利になる、という考え方だ。だから、初期段階でも、日本の中国での「跳梁」を叩き潰そう、としたのだろう。

ドイツも中国に一定の利権、権益を持っていた。1937年に日独伊防共協定が締結された時、ゲーリングは、日本より中国との提携を重視すべきだ、と主張したが、3国防共協定締結にこだわるリッペントロップを論破出来なかった。

しかし、日独伊防共協定は、実質的な3国への拘束力はほとんど持たなかった。1939年の独ソ不可侵条約の締結は、日本には全く知らされず、当時の田中義一内閣は、「世界情勢はいわく、不可解」と悲鳴を上げて総辞職する破目になった。

1941年12月の日本海軍のハワイ・真珠湾攻撃もドイツにもイタリアにも、全く「寝耳に水」だった。こうした「形式的な協定」に過ぎなかったことが、独ソ戦の緒戦で圧勝したドイツ軍が、日本に極東地域で「第二戦線」を構築して、ソ連を「二正面作戦」で股裂きにしてほしい、という強い要望を日本が無視することにつながったのだろう。このことは、俺にとっては大変な「幸運」だったが。

もっとも、日本の指導部は、独ソ戦開戦の以前に、激しい論争の末、シベリア地域でソ連と開戦する「北進論」を棄て、インドシナなど東南アジア、太平洋地域に進撃する「南進論」を採用、その結果として、この作戦によって交戦相手となることが必至の米国の太平洋艦隊の出鼻を奇襲攻撃でくじく「真珠湾作戦」を実行したのだが。

ヒトラーはフィンランドとわが国の戦争、いわゆる「冬戦争」でわが軍が大苦戦をしたのを知って、それまでの「ソの軍事力は世界最強」という見解を180度引っくり返し、「ソ連軍は弱体」と確信したようだ。それで、独ソ戦開戦を急いだのだ。

赤軍の弱体化は、俺の粛清による幹部将校の消滅、指揮命令系統の混乱などのせいだ、と見ていたようだ。軍の大粛清は、ドイツとの戦争に苦戦、敗北しても、軍がクーデタを起こさないようにするための「予防措置」だったのだが。そしてフィンランドとの戦争の「大苦戦」の原因は俺も赤軍も「国家間の大規模な戦争」に不慣れだったことなのだが。

もともと、ヒトラーは10年以上かけて、英仏、ソ連、米国のいずれをも凌駕する軍事帝国にドイツを改造しよう、と考えていたのだが、権力を握ってからは、妙に急ぎ出し、前のめりになった。チェンバレンやダラディエの宥和政策のおかげで、ポーランド併合などが、トントン拍子で進んだので、自己過信に陥ったのだろうが、じっくり準備して攻めて来られたら、とても勝ち目はなかった。

ヒトラーは、突然、考えや評価を180度、逆転させたことがしばしばあった。これが、周囲に、「直感力の鋭さ」「天才ぶり」を印象付けたのだが、事実は、いつも現状に苛立ち、フラストレーションを募らせていたことから来る「憤怒の噴出」に過ぎないのだった。

独ソ戦開戦を急いだのは、ゲーリングがヒトラーに上げていた軍事産業の生産能力についての報告がデタラメだったせいでもある。企業経営、工場経営に何の経験も有していないゲーリングはしかし、ヒトラーに言い渡されたノルマを達成できていないことがバレて、ヒトラーにどやしつけられることを極端に怖れたのだった。だから、ウソの数字ばかり報告していたのだ。

独ソ戦でのヒトラーの「勘違い」は、大粛清で弱体化している赤軍を一撃で叩き潰せる、と何の根拠もなく〝盲信〟し、長期戦になった場合のドイツ軍の追加動員計画、冬の到来への備え、ウクライナや他の占領地域での、ソ連民衆の反スターリンの感情をうまく、スターリン体制打倒に利用できなかったことも大きい。緒戦での「電撃作戦」と英仏の弱腰の看破で、奇跡のような成功が今後も続く、自分は天才だから失敗しないのだ、という自己暗示にかかってしまったのだ。

ヒトラーは、独ソ戦のケースとは逆に、チェコスロバキアの処理については、どういう方法でいつどうやるかについては、最後の最後まで決めないでおく、という対応を選んだ。「チェコスロバキアという国を消滅させること」だけを決めておいたのだ。

人々は、ヒトラーの真意を推測するしかなく、英仏や当事国のチェコスロバキアは言うに及ばず、ゲーリングやドイツ国防軍の将軍たちですら、ヒトラーの考えが全く読めなくなっていた。無理もない。本人もなにも決めていなかったのだから。

チェコ侵攻を巡っては、ヒトラーと国防軍首脳が激しく対立、ヒトラーに対するクーデタ計画も浮上した。陰謀の中核となったのは、国防軍最高司令部の防諜部（アプヴェーア）に属するハンス・オスター大佐だった。

結局、戦火を交えずチェコスロバキアとズデーテン地方をドイツが手に入れ、次の焦点はポーランドのドイツによる割譲が成功するかどうかだった。

俺は1939年3月のソ連共産党第8回大会でこの問題について演説した。この時は英仏の弱腰を非難することを主眼とし、久しぶりにレーニンの「帝国主義論」を引用したマルクス主義者らしい演説をしてやった。即ちこうだ。「新しい帝国主義戦争、つまり、世界の、勢力圏の、そして植民地の再分割が始まった。帝国主義勢力は2つのブロックに分かれた。防共協定で結ばれた侵略的な3国と、イギリス、フランスを中心とする非侵略的な国家群だ。しかし、イギリスとフランスは、集団安全保障および集団抵抗政策を拒否し、不介入、中立の政策を取った。不介入の政策とは、取りも直さず侵略を黙認し、戦争が起こるのを黙って見ているということである。

この危険なゲームの行き着くところは、すべての交戦国を戦争の苦難に追いやり、互いに相手を弱め、消耗させる。ドイツをそそのかし東に進ませ、労せずして利益が得られる、と思い込ませて、さらにけしかける。〝さっさとボルシェビキに戦争を仕掛けろ。そうすれば、万事はうまくいく〟と」

こういう革命家らしい口調でアジったのは久しぶりだ。俺もヒトラーの動きに危機感と苛立ちを深めていたのだろう。特に、「老いたる貴族」と呼ぶのがこれほどぴったりなケースは珍しいチェンバレンとダラディエの「腑抜けぶり」には呆れ帰って言葉もなかった。このボケ始めた老貴族のおかげで、わが祖国も第三帝国に組み込まれてしまうのか、と思ったほどだ。だから、俺はさらにこう演説したのだ。

「ミュンヘン会談で、英仏両国は、チェコスロバキアの一部を、ソ連に戦争をしかける報酬としてドイツに与え、ドイツは今、其の約束の履行を拒んだのである。西欧のマスコミは、俺の粛清によってソ連軍の士気が落ちた。ルテアニアで暴動が起きていて、ドイツはウクライナを侵略、もしくは滅ぼそう、と計画しているなどと書き立てることにより、ソ連を焚きつけてドイツに対抗させ、険悪なムードをあおり、明らかな根拠がないのにドイツとの紛争を起こさせようとしている。しかし、ソ連は自らの力に裏付けられた独自の平和政策を誠実に実行していく。その指標となる原則は、つねに用心を怠らず、他人に渦中の栗を拾わせて漁夫の利を得ようとする戦争屋によって、わが国が戦争に巻き込まれないようにすることだ」。

俺は、ヒトラー、ナチスの見かけ上の凶暴性より、資本主義の本当の大国である英仏の危険性に用心しなければならないことを訴えたのだ。

これは、マルクス・レーニン主義者の世界観だが、トロツキーもこの点では、俺と意見が一致していたようだ。ただ、後から思うと、この「左翼の原則主義」に俺も囚われ過ぎて、独ソ不可侵条約を過大評価して、ヒトラーのわが国への侵略の必然性を少し軽んじた、と言われても仕方がない。

もちろん、あのチンチクリンな伍長上がりの狂人をこれっぽっちも信じてはいなかったが。あいつは、チェンバレンやチャーチルと違って、俺同様、下層プロレタリアの出身だったから、その点で、若干、共感するところがあったのかも知れない。

それでも、1933年に首相に就任してから、39年のポーランド侵攻までの間は、本質的には狂っていたこの男にしては、巧みな外交駆け引きをやり、軍事力の行使を匂わせては、相手の妥協を引き出す、という「瀬戸際外交」の手口も鮮やかなものだった。

自己抑制力、彼我の力関係の読みの巧みさ、相手の弱点を見抜く洞察力などは、並みではない。弁証法的思考が出来たのだ。

39年以降、狂い出したのはどうしてかな。独裁者で失敗が許されないことがもたらす重圧、瀬戸際の駆け引きを何度もうまく乗り切ってきたことから来る自己過信、神がかり、適切な助言をしてくれる側近がいないことから来る「のめり込み」――などのせいだろうか。

「夢想家」が中枢を担ったヒトラー政権の内情

この「オーストリア出身の挫折した貧乏画学生」は、ふつうの愛国心、ナショナリズムを抱いて、第一次世界大戦で伍長として戦い、独ガスを浴びるなど勇猛果敢さを〝立証〟したが、プロシャ海軍の水兵がキール軍港で反乱を起こしたため、皇帝が退位する破目になった、これが敗戦の原因だ、と固く信じ、さらに悪いことには、この反乱を扇動したのが、ドイツ共産党やコミンテルンのコミュニストたちだ、と盲信して、反共、全体主義、独裁の帝国を樹立しようとした。

そして、ドイツ人の生活圏（レーベンスバウム）を確保、拡大することが、「千年王国」の基盤を磐石にすると信じて、ポーランド、ズデーテン地方、チェコスロバキアの併合に動き、宿敵の英、仏、ソ連まで軍事占領しようとした。ヨーロッパ全域を呑みこもうとしたのだ。

普通なら、そんなことは無理、と誰もが考える筈で、ヒトラーも39年ころまでは、独ソ戦まで始めるつもりはなかった。しかし、英国本土の制圧に失敗し、主敵とは全く思っていなかった米国が、英国の救済と、ソ連支援に本格的に腰を上げたため、米国とぶつかるのが必至と思われていた日本をも巻き込んで、世界規模の戦争に挑む破目になった。

どこまで、領土的野心を拡大し、どこで手打ちにするのかについて、はっきりした構想を持っていなかったことが「際限のない拡大欲求」を抑制できなくなった原因だ。もちろん、拡大した領土を含めた自分の「勢力圏」をどう統治していくのかについても、はっきりしたビジョンはなかったし、経済には全く疎かったのだが。

「電撃戦」という一点集中の戦争遂行の仕方が、開戦後の初期段階で、フランスの「難攻不落」と言われたマジノ線やジークフリード線をあっという間に突破して、1カ月も経たないうちにパリを陥落させると言う成功をもたらしたため、「不敗神話」の幻想に自ら取り憑かれたらしい。対ソ戦も、長期戦になるとはこれっぽっちも思っていなかったらしい。

戦争は、相手のある「非対称」な力学が働く世界だ。当事者の片方の思惑は必ず裏切られる。だから「二の矢、三の矢」という次善の策を用意しておかなければ、玉砕するしかなくなる。最初の思惑が外れた場合は。39年までのヒトラーはこのことは十二分に分かっていた筈で、だから外交交渉で勝利を収めたのだが、開戦以降は、「緒戦の圧勝」に幻惑されたのか、全く柔軟性を欠き、軍部と真っ向から対立、暗殺計画すら企てられる有様だった。

もっとも、ヒトラーの敗北の根本原因は、個々の戦局での戦略・戦術のミスではない。「第三帝国」を豪語した彼の「ヨーロッパ帝国」がどんな国なのか、どんな社会経済体制なのか、をほとんど明らかに出来なかったことこそ、敗北の最大の原因だ。

それを誤魔化すためか、絶えず領土拡張を図り、絶えず戦争を仕掛ける破目になった。しかし、100年戦争に耐えられる国も国民もどこにもいない。止まると倒れるので、走り続ける自転車のような、国家統治のやり方だった。第一次世界大戦の敗北と、途方もない額の戦後賠償―という破局的な事態の中でなければ、こんな男が国家権力を握ることはなかったろう。

本当にヒトラーは、経済には無関心だった。ひたすら、領土の拡張と、それを実行可能にする軍事力の強化だけに取り組んだ。戦車や戦闘機、輸送機、大砲、潜水艦、巡洋艦、兵員輸送車両など軍事兵器関連の産業の振興に関心があっただけだ。

自分は、ドイツの領土拡張を実現するから、占領した地域の経済建設は後継者がやってくれ、とでも思っていたのだろうか。これほど、領土以外のことに関心を示さなかった指導者も滅多にいないだろう。もちろん、第一次大戦の敗北の後遺症という面は大きいのだろうが。ソ連については、「占領したら、アーリア人2億人を入植させる」と言っただけだ。世界一広いわが国をヒトラー如きが統治できる筈もなかったのだが。

国家社会主義を唱えていたせいか、一応、主要企業の国有化はやろうとしたようだ。しかし、実際には、ゲーリングが色々、嫌がらせをやってやっと国有化にこぎつけた数社しか、私企業でなくなったところは出なかった。

IG（イーゲー）ファルベンなど、当時のドイツを代表する企業はそのままだった。ヒトラーがどのような産業振興を考えていたのかは全く分からないし、何も考えていなかったのかも知れない。

ヒムラーなどは、その反近代好み、オカルト好み、薬草好み、夢想癖もあって、農業を主産業にすべきだ、と思っていたほどだった。

このような「夢想家」が政権の中枢を担った、ということ自体、20世紀の出来事として信じられない。俺がやったような「5カ年計画」の立案すら行われていない。年次計画が立てられたのは、もっぱら、軍事生産の分野のみだった。

しかも、必要な兵力や、工場労働者を確保するために、占領地のポーランド人、チェコ人などを駆り出して服務させたり、強制移住させたりしようとしていた。それぞれの民族国家から引き剥がす、といった乱暴極まりない発想に何ら懸念を感じていない。

宗教問題、言語問題も含め、ナショナリスト、パトリオティストといいながら、共同体的価値観にこれほど鈍感な政治リーダーも珍しい。ドイツ人以外は、ロボット程度にしか思っていなかったのだろう。

俺も、民族の強制移住を大戦終了後、やったが、これは地域紛争の発生を最低限に押さえ込むためで、ヒトラーとは違う。

ノモハン事件が世界戦争の命運を決めた

米空軍による日本本土空襲が始まったのは、１９４４年6月16日。中国・成都から発進したB―29が福岡の八幡製鉄を爆撃したのだ。44年いっぱいは、空襲は、東京の中島飛行機武蔵野製作所、名古屋の三菱重工名古屋製作所、神戸の川崎航空機明石製作所と、一貫して日本軍の航空機生産基地を叩いてきた。日本軍の迎撃能力を米軍が強く怖れていたことが分かる。

45年1月以降は、工業地帯ではなく、市街地・住宅地が爆撃目標となる。日本を焦土化して、国民の士気を挫き、戦争終結を渇望する雰囲気を高めよう、としていたことが窺える。

45年3月10日の東京大空襲では、空爆部隊は、日本軍の目をかく乱し、対独戦のために欧州戦線に配備されるのだ、と思わせようとして、カンザスから英国を経由してインドに入る、という「長大な迂回コース」を取った。

ノモハン事件については、１９３９年5月の第一次ノモハン事件の1カ月後に、俺がフェドレンコ第57特別師団長を解任し、トゥハチェフスキー粛清後のソ連軍の「希望の星」「エース」と目されていたジューコフ中将を後任に指名したことに疑問を呈する声がずっとあるようだ。

確かに、ドイツのわが国への軍事侵攻が間近に迫っていた情勢で、ジューコフをモンゴルという辺境の国境警備軍の司令官にするのは、一般的に言えば、判断ミスの最たるものだろう。

しかし、俺は日本軍が、モンゴル人で編成したわが国境警備軍に大規模な攻勢をかけるらしい、という情報を聞いていたし、日本軍の参謀本部（大本営）の謀略家、辻政信が現地入りして、攻勢の指揮を執っていたことも知っていた。辻は太平洋戦争を始めた若手参謀のひとりで、戦後、長くシベリアに抑留された瀬島龍三や、服部卓史郎とともに、陸軍を操っていた男だ。

そこで、日本軍と一戦を交えて、「陸軍強国」と言われた日本の軍事力、装備がどの程度のものなのか、を探ることにしたのだ。

彼らがいったん諦めた「北進論」、つまりソ連主敵論戦略に、ヒトラーの要請もあって、再度、カジを切る可能性があって、その場合、どの程度の軍事力を持っているのか、を知っておかないと、シベリア・極東・モンゴル方面にどの程度の師団を貼り付けておかなければならないか、の判断が出来ないからだ。

しかし、日本軍の戦車は旧式で、我が軍の最新鋭戦車に歯がたたないことが分かった。また、日本陸軍は旧態依然たる歩兵中心の軍編成で、機甲師団がなく、重火器、輸送車両、自動車部隊、砲搭載の攻撃車両とも極めて貧弱であることも分かった。

6月18日に満州国領土内のハロンアルシャンを、翌19日には、日本軍の第23師団が駐屯しているカジュガル廟をそれぞれ、ソ連軍機が空爆したのは、日本軍をおびき出すためだったのだ。

このノモハンでの大敗北が、陸軍内の北進論に致命的なダメージを与え、彼らは、米国とぶつかることを覚悟で、仏印や太平洋諸地域、フィリピンなどに攻め込んだ。

だから、ノモハン事件は、第二次世界大戦のあり方、命運を決めたといっても大げさではない。ヒトラーに呼応して、日本軍が、極東で我が軍と戦端を開いていたら、ドイツ国防軍にレニングラード、モスクワも占領されていたかも知れないし、米国が主敵にならなければ、日本の命運も全然、違っていたろう。

パールハーバーが起きなければ、ルーズベルトが米国を参戦させるのも、もっとずっと遅れていたかも知れない。ドイツは、米国の軍事的圧力なしで、かなりの期間、戦えたかも知れない。これも、ひょっとすると、ソ連の敗北・壊滅をもたらしたかも知れない。

つまり、あまり気付いている人は当時も今も少なかったが、ジューコフの極東への配置は正解そのものだったのだ。このあたりの情報戦には、ゾルゲが大いに貢献してくれたよ。

しかし、ジューコフも、いったんは、モロトフ、カガノビッチ、マレンコフらの反フルシチョフ・クーデタからフルシチョフを救ったのに、結局、あまりに国民的人気が高まったことに嫉妬と自分が追放される恐怖を感じたフルシチョフによって失脚させられた。社会主義体制では、軍人と政治家の共存は難しい。どちらも強大な権力を握るからだ。

俺がトゥハチェフスキーら赤軍幹部を粛清したのも、軍という「最強の暴力装置」を握る軍首脳への恐怖からだ。

特に、ドイツとの戦争が迫っていた。戦争は、「非対称なゲーム」で、相手のある闘争であり、こちらの思うようには、局面は動かない。必ず予想を裏切る展開になる。それも、多くの場合、悪い方に。だから、開戦後は、どういう展開になるかは図り難い。苦戦したり、戦略・戦術を間違えたり、撤退せざるを得ないような展開も必ず起きる。膨大な犠牲者が出ることもある。

そうした時には、必ず最高司令官への軍の反発が起きる。ソ連の場合、全軍の最高司令官は俺だ。クーデタ、暗殺も十分、置き得る。

そこで、俺はひたすら上に忠実な、自分独自の思考力、価値判断能力のないロボットのような軍首脳を揃えることにしたのだ。トゥハチェフスキーのような有能で独創性もあり、部下の信頼も厚い軍首脳が、一番危険な存在になるからだ。あいつはある意味、俺をはるかに上回る能力があったし、元々、ロシア帝国の軍人だったとはいえ、革命以降、レーニンやトロッキーと行動を共にし、赤軍の創始者のひとりだったからだ。白軍との内戦を切り抜けられたのも、トロッキーと、トゥハチェフスキーの功績だ。

そのおかげで、粛清後の赤軍、ロシア国防軍には優れた指揮官がいなくなってしまった。多少でも、独創性があったのはティモシェンコくらいだ。だから、まだ若かったジューコフがトントン拍子で出世したのだ。

蔣介石の国民党軍にドイツ軍事顧問が就任

ヒトラーは、こういう「予防反革命」措置は取らなかった。権力を握る際に、財界や国内の保守派の支持を得る上で邪魔だったレームの「ナチス突撃隊」を粛清しただけだ。

あいつは神がかっていたから、「暗殺されるかどうかも、運命の神次第」といった考えを抱いていたようだった。宿命論者だったみたいだ。

だから、ハンス・オスター大佐やシュタウフェンベルグ大佐の暗殺計画に直面する破目になった。

ドイツ諜報組織の一方の勇で、ヒムラーやハイドリッヒの手強いライバルであり続けたウィルヘルム・カナリス提督まで、暗殺計画に関与したとして処刑された。いや、北アフリカ戦線で、モントゴメリーと死闘を展開していたロンメル将軍すら、「ヒトラーの暗殺を企てた」として、処刑されたほどだ。

シュタウフェンベルグ大佐の「ワルキューレ作戦」を辛うじて逃れた時は、「神はまだ、俺を見捨てていない」と絶叫したほどだった。

もっともヒトラー政権の閣僚には、正式の軍人はいなかった。ゲーリングも第一次大戦の撃墜王ではあったが、退役軍人だったし、ハイドリッヒに至っては「素行不良」で軍を追い出された元不良軍人に過ぎなかった。だから、貴族出身で「輝けるドイツ国防軍のヒーロー」だったシユタウフェンベルグがヒトラーを見下していたのも当然だし、そもそも、ドイツ国防軍の首脳で、ヒトラーに好意を持っていたものは皆無だった。ゴマすり以外、能のないカイテルあたりがヘラヘラ言ってはいたようだったが。

しかし、日独伊三国防共協定を締結したからと言って、日本とドイツがずっと友好的な関係だったわけではない。日本は、明治維新以降の近代国家の建設で、法制面、軍隊建設でドイツというか、当時のプロシャを参考にしていたのは事実だが。プロシャが英仏に比べ、強権的国家主義だったのがその理由だ。しかし、極端な人種的偏見に取り憑かれていたヒトラーは、アジア人、黄色人種には強い軽蔑感を抱き、そのことをあちこちで公言していた。防共協定も、米英、ソ連への対抗措置として、止むを得ず結んだものだった。

ドイツは、中国とも、独自の関係をずっと有していた。1926年3月に蒋介石は、孫文の方針だった「国共合作」を破棄することを決断し、広東で反共クーデタを起こす。南京に首都を移し、共産党が主導した上海のゼネストを徹底弾圧した。27年に国共合作は最終的に終わり、ソ連は60人の顧問団を引き揚げる。しかし、北京を支配していた軍閥の巨頭、張作霖との対立が深まるなど、国民党政権は安定しないままだった。

共産党も27年8月に南昌、12月には光州で反乱を起こし、28年の入ると、湖南省、広西省、福建省の一部にソビエトを作り、支配地域を拡大していた。国民党から去ったソ連の軍事顧問団は、共産党の軍隊の訓練を始めていた。蒋介石は、ソ連に代わる外国の軍事顧問団を必要としていた。

光州でマックス・バウアー大佐に出会った蒋介石は国民党軍の軍事顧問就任を依頼する。マックス・バウアーは、ドイツ参謀本部のエリートコースを歩んだ軍人で、第一次世界大戦では西部戦線の参謀として働き、1920年には、ヒトラーも参加したカップ一揆の中心人物となり、しかし、クーデタが失敗したため、退役してスペイン、アルゼンチンで。軍事顧問として働いた後、国民党の招きで中国入りした。

30人の部下とともに、黄甫軍官学校の軍事教練に着手、バウアーは29年に漢口で急死、そのあと、ヘルマン・クリーベル中佐、さらにゲオルグ・ヴェッツェル中将が後を継いだ。中でも、クリーベル中佐はナチ党の幹部でもあり、ミュンヘン一揆でも重要な働きをし、一揆が失敗すると禁固5年の刑に処せられた。

1931年の第三次掃共戦で、蒋介石が直接、指揮を執るようになると、ドイツの軍事顧問団も蒋介石とともに、南昌に赴いた。

翌32年に第一次上海事変が起こり、軍事顧問団が訓練した第87師団と、88師団が参戦した。その後、日本軍が熱河に侵攻し、万里の長城を挟んで中国軍との戦闘になった時、ヴィッツェル中将は中国軍の指揮を執った。この年には、ドイツのフォン・ゼークト大将も3カ月間、訪中して「日本一国だけを敵とし、他の国とは親善政策を取る事」などという意見書を蒋介石に提出していた。1935年には、ゼークト大将の訪中に同行したアレクサンダー・フォン・ファンケルハウゼン中将が後任の顧問団の長に就任、36年に起きた西安での張学良による蒋介石監禁事件では、ファンケルハウゼンは、ドイツ式訓練を受けた2個師団と、ドイツの顧問が指導する戦車隊1個旅団で張学良軍を奇襲する計画を提出したが、まもなく、蒋介石は軍事行動なしで釈放された。顧問団は37年には100人を超えていたが、その存在はほとんど知られていなかった。

ドイツ顧問団は、日本軍との戦いも指導することになる。1932年1月、第一次上海事変が勃発した。中国軍はヴェッツェル中将ら軍事顧問団が訓練していた87師団と88師団を投入してきた。これが日本軍との戦いにドイツ顧問団が関わった最初だ。ゼークト将軍は、軍の装備強化もさることながら、中国軍の兵士に、日本、日本軍への敵愾心を養うことが最重要」と蒋介石にアドバイスした。今日の中国にも引き継がれている反日思想教育の発端は、このゼークトのアドバイスにあったのだ。

1935年には、ファンケルハウゼン中将は、「中国国防基本方針」という対日戦略意見書を蒋介石に提出した。

日本は、極東に足場を築こうとしているソ連と、中国での経済的利権を守ろうとしている米英の双方と対立するようになるが、これに耐えられる国力はない。

だから長期戦に持ち込んで、大陸での日本軍との戦いに出来るだけ多くの外国を介入させるべきだ、という戦略だった。ファンケルハウゼンは、中国の敵を、日本が第一、中国共産党が第二と考え、日本軍を叩く過程で中国軍が勝利を収めれば、共産党を消滅させられる、と考えていた。だが、蒋介石と何応欽・軍政部長は、「主敵は毛沢東の共産党」と信じていたため、同中将の提言はなかなか採用されなかった。

35年10月には、漢口と上海にある租界に駐留していた日本軍を奇襲することも提言している。何と日独伊防共協定締結のたった一年前のことだ。正式のドイツ政府、ドイツ軍のメンバーではなく、いわば「傭兵隊長」の提言とは言え、完全に中国側に立った元ドイツ軍最高幹部がいっぱいいたことは、ドイツと日本の提携の可能性が薄く、信頼関係も希薄だったことをうかがわせる。

36年4月には、再度、対日全面戦争に踏み切るようにという進言がなされた。

「ドイツがラインランドに進駐して、英国の関心がヨーロッパに向き、一方、2・26事件で、日本では軍部が政治の主導権を握った。英米の関心が少しでも中国に向いているうちに、中国から日本に対する戦争を仕掛けるべきだ」というものだった。こうした背景には、ドイツと中国との貿易の拡大があった。31年には、中国から見た輸入貿易量はドイツは5％だったが、36年には16％と、イギリスを抜いて日本と並んだ。

こうしたアドバイスもあった蒋介石は、１９３４年から対日戦へ向けての備えの強化に力を入れ始め、上海西北80キロの福山・呉県間にトーチカ群が構築され、この先40キロの江陰と無錫の間にもトーチカが設けられた。

１９３７年7月には、盧溝橋事件が起きた。

連合国と枢軸国、それぞれの内情は複雑だ

「連合国」対「枢軸国」の対決として語られる第二次世界大戦だが、枢軸国側の内情はこんなもので、日本の孤立はひどかった。

白人国家、キリスト教国家でないせいもあろうが、当時の先進国・主要国の最大の関心事だったヨーロッパ大陸の覇権争いには、日本は何の関係もなかった。日本、せいぜい、ドイツの援軍としての役割を果たせるかどうか、という位置づけでしかなかった日本の「存在感の薄さ」のせいもあったが。

だから、太平洋戦争は、文字通り、太平洋を挟んだ米国と日本とのそれぞれ単独での戦いに過ぎなかった。

もちろん、「連合国」内でも、米英とソ連の溝は深く、そのことは、中国大陸での争いにも複雑な影を落としていた。中国共産党の覇権を最終的に握った毛沢東と、俺との間にも、「同志的連帯」は全くなかった。ドイツが国民党と深く結びついていたことを、日本の軍部や、日独伊防共協定締結に奔走した松岡洋右はどこまで知っていたのだろうか。

そもそも、ドイツでは、最後の皇帝で、第一次世界大戦敗北の責任を取って退位し、ドイツ帝国の幕引きをしてしまったウィルヘルム2世自身が、強烈な「黄禍論」者で、米国のハワイ

併合の動きが顕著になっていた1905年9月6日にニューヨーク・タイムスに皇帝のインタビュー記事が掲載され、その中で皇帝は、「日本は、日露戦争勝利の余勢を駆ってアジア市場を閉ざし、ヨーロッパと米国を排除し、中国を手に入れるだろう。白人国家は一致団結して〝黄禍〟を止める必要がある。米国が日本に対抗するのはいいことだ」と反日感情剥き出しの発言をしていた。このインタビューが掲載されたのは、ポーツマス条約締結の翌日だった。

ウィルヘルム2世は、日露戦争開戦時に、ロシアのニコライ2世に、やはり同様の「黄禍論」を吹き込んで、日露戦争開戦を決断させ、ロシアの国力を弱めることに成功したことがある。

ロシアとフランスがその頃、締結していた露仏軍事同盟（1894年締結）によってドイツが東西から軍事的圧力を受けている事態を打開しようと、「ドイツ国境に布陣・展開するロシア陸軍が、アジアへ移動してほしい」との願望を実現しようと、ロマノフ2世に黄禍論を意図的に吹聴したのだ。そして、開戦になるよう、三国干渉で、日本が激怒するような要求、提案をし続けたのだ。

日本同様、後発資本主義国だったドイツは、こうした権謀術数、策謀、駆け引きなしには、欧州大陸での「確固たるポジション」を維持できなかった。ウィルヘルム2世の老獪な外交駆け引きも単に、彼自身の「複雑な性格」に帰することは出来ないだろう。

米軍はほぼ「オレンジ計画」通りに戦う

米国は早くも1897年に、「対日戦争のための戦争計画」をスタートさせていた。「オレンジ計画」である。

そもそも米国が、「日本を軍事的影響下に置きたい」と考えたのは、メキシコとの戦争に勝って、自国の領土が「カリフォルニア」を獲得し、太平洋岸に到達した1846年のころである。52年には、国務長官の命を受けたペリー海軍提督が、サスケハナ、ポーハタン、サラトガ、など当時の米海軍の総力である艦船8隻と輸送船3隻を引き連れて東海岸のノーフォーク港を出発、沖縄と小笠原諸島に上陸し、海軍基地設置の打診を行った後、53年7月に浦賀港に停泊した。そして、第25代大統領だったマッキンレーが、積極的な太平洋の「取り込み」を行い、1899年に「ハワイ併合」を「断行」したのだ。

ハワイは、米国系移民の強い影響下で1840年に憲法を制定して立憲君主制に移行した。しかし、その後も米国影響力は拡大し続け、危機感を抱いたカラカウア王は、1881年に来日して、明治天皇に「ハワイ王国と日本の連邦化」を提案したりしている。

カラカウア王の後継のリリウカオカラニ王女は、アメリカ人居住者の政治的力を弱めようと、努力していたが、93年には、海兵隊がイオラニ宮殿を武力占拠し王政廃止、臨時政府樹立を発表した。

「オレンジ計画」立案の直接的動機は、「ハワイ併合に際し、日本が〝ハワイの独立運動〟を軍事支援して、日米戦争となる事態」に備えたものだった。

当時の米国は日本を「米墨戦争のメキシコや、米西戦争のスペインのような軍事的弱者」と見ており、「日本がハワイ併合を邪魔するなら、この際、日本も一気に征服してやろう」という気だった。明治政府は「ハワイの法人救出のため」と称して、軍艦をハワイ沖に派遣したりしたが、本国政府の強硬姿勢を知って、結局、素直に引き下がり、米国のハワイ併合を認めた。しかし、その後もずっと「あのとき、ハワイを占領すべきだった」と言い続けた明治維新の指導者がいたらしい。

セオドア・ルーズベルトは、1897年にマッキンレー大統領のもとで海軍次官に就任し、直後に海軍大学で講演した。

①平和への最も有効な手段は軍備だ②立派な民族は戦う民族であり、臆病は許されざる罪だ。③国家は武力で防衛されなければ存立し得ず、武力を背景としない外交は無力だ、などと軍事力を全面に押し出した外交・防衛方針を述べた。そしてこの頃、後に、海軍力の重要性の分析で、著名な軍事戦略家となったマハン大佐（海軍大学第二代校長）の「歴史に及ぼす海軍力の影響」（1890年刊行）に共感して、1897年に彼に「オレンジ計画」の第一案を作らせる。

しかし、日本と米国は明治維新維新威移行も、大きな対立、軍事的務衛突はなく、日本を仮想敵国視するのは、この段階では困難であった。そこで、この「オレンジ計画第一案」では、フィリピンの併合などで用いた「未開人の文明化」、いわゆる「マニフェスト・ディステニー」を用いている。

しかし、1906年版の「オレンジ計画」セカンド・バージョンでは、「2年前の日露戦争でロシアを破った(帝政ロシアに勝った)恐るべき日本を仮想敵国として作戦計画を練ることは、真剣な作業だった」「日本は日露戦争で、驚くべき勇猛ぶりを発揮した。近代化された日本艦隊の行動は自在であり、日本陸軍の将兵は勇敢に戦い、経済は戦争の重圧によく耐えた。日本は極東の一大勢力になった」と日本の近代国家、軍事国家建設を「成功」と評価している。

そして「米国は、勇猛な日本陸軍とアジア大陸や日本本土で戦うべきでなく、米海軍が日本海軍を海戦で破って制海権を奪うべきである。日本の頼みの綱は強力な陸軍だが、米国は血の代償を少なくする政治的配慮から、陸上の大開戦を避け、海上から戦いを挑み、日本海軍を海戦で破って、日本陸軍を経ち枯れにすべきである」としている。

海軍関係者が作った「オレンジ計画」が、徹底した海軍重視になっているのは当然だろうが、太平洋戦争でも、米軍は、ほぼ、ここに書かれたような戦い方をする。

広い太平洋の主要な島々をひとつひとつ、日本軍から奪還していく戦い方は、日本軍が制海権を失った後では、必要がなく、いきなり、本土を空爆と艦砲射撃で叩けば良かった、と思われるが、「海戦」「太平洋の支配」にこだわった「オレンジ計画」の「呪縛」が、この頃まで、尾を引いていたのだろうか。

この１９０６年版オレンジ計画は、もうひとつ、太平洋戦争勃発に至る過程で、米国が採った軍事外交戦略を見事に予言している。

それは、対日戦争を「無制限経済戦争」と位置づけ、基本方針として「厳しい封鎖・港や船の破壊、通商上の極端な孤立により、日本を〝完全な窮乏と疲弊〟に追い込む。米国は日本を〝打ちのめす〟まで戦いを止めず、日本に〝徹底的なダメージ〟を与えて屈服させる。そして日本に〝米国の意志〟を押し付け、〝米国の目的〟に服従させる」といううくだりだ。

無条件降伏以外には、戦争を終わらせる条件はない、と言っているわけで、セオドア・ルーズベルトのおいのフランクリン・ルーズベルトが、オレンジ計画通りに、太平洋戦争を終結するつもりを開戦当初から抱いていたとすれば、１９４４年後半からの、日本の首脳や軍幹部の「和平の条件」を探る努力も全く意味がなかったことになる。米国はなかなか怖い国だ。なめているとひどい目に遭う。俺より狂暴だ。

日露戦争については「ロシアのバルチック艦隊は、地球を半周する大航海で疲れ果て、満を持していた日本艦隊に完敗した」と日本海海戦を分析、「来るべき対日戦争ではこの轍を踏まないように」と次のようなアドバイスをしている。

「米国民は正義のための戦いなら長期戦も厭わないが、艦隊決戦を急いで、米海軍が一敗、地にまみれれば、意気消沈するだろう。米艦隊は漸進的な攻撃方針を採り、戦艦を温存し、その間に予備艦艇と陸軍部隊が出動準備を整え、補助艦艇を改装し、米国の優れた工業生産力をフルに活用して艦隊を補強する。米海軍は太平洋の島々を確保しながら、一歩一歩、前進する」。30数年後の太平洋戦争で、米軍は、まさにここに書かれた通りの戦いを展開した。

チャーチルは時代遅れのセシル・ローズ

チャーチルの「中東好き」は、第二次世界大戦に限った話ではなかった。

1914年6月にオーストリアの皇太子、フランツ＝フェルディナンドと妻のゾフィー妃がボスニア（当時）の首都、サラエボでセルビアの青年に暗殺され、第一次世界大戦の引き金となることは、知らない人がいないほど有名な歴史的事実だが、このテロの背景には、1908年に、オスマントルコの衰退に乗じて、オーストリアがボスニア・ヘルツェゴビナを強引に併合したため、スラブ民族主義が台頭していたセルビア国民の憤激を買い、この「怒りの声」をロシアが支持した、という歴史的経緯があった。

当時のオーストリアはハプスブルグ家が支配するオーストリア・ハンガリーに二重帝国だった。14年7月28日、オーストリアがセルビアに戦線布告して第一次世界大戦の幕が上がると、8月1日にはドイツがロシアに戦線布告し、4日には、ドイツがロシアに開戦を通告した。ウィンストン・チャーチルはこの時の海軍大臣だった。

当時、世界最大の油田だったバクーへのルートに当たっていたトルコを支配しようと、１１月にはイギリスはトルコにも宣戦布告し、キプロス併合を宣言した。

15年2月には、イギリス艦隊がダーダネルス海峡への攻撃を開始、しかし、敷設された機雷に苦しみ、英仏は25万人の死傷者を出して無残な撤退を余儀なくされた。この失敗の責任者はチャーチルで、当時、イギリス政界では、「ドイツ人より危険な男がチャーチルだ」と言われた。ドイツとの戦争でなく、自国の領土的野心を剥き出しにした軍事力・兵力の展開が裏目に出たのだ。

第二次世界大戦で、ヨーロッパ大陸での「第二戦線構築」という俺が渇望していた作戦を後回しにしても、地中海よりのアフリカでのドイツ軍放逐にこだわったチャーチルの「原点」は40年も前の第一次世界大戦の過程にはっきりと刻印されている。

しかし、このチャーチルの「時代遅れの、セシル・ローズ的な古典的帝国主義者としての価値観、言動」は、ヨーロッパ大陸での、ナチス・ドイツへの反攻をもっぱら、わが国（ソ連）一国の双肩に担わせることになった。そして、ベルリンにまで、ドイツ国防軍を押し戻し、ヒトラーを自殺に追い込んだのは、わが国防軍（赤軍）の業績となってしまい、ヤルタ会談、ポツダム会談での戦後処理合意で、スターリンの主張が大きく取り入れられる結果をもたらした。ポーランドの戦後処理に典型的に見られるように。

わが国に対する膨大な軍事援助を行い、ある意味で、スターリングラードでの死闘をソ連軍が凌ぎ切って、反攻に転ずる「決め手」を作った米国、ルーズベルトは、チャーチルのおかげで、トンビにアブラゲを浚われてしまったのだ。大戦終了直後から始まった米国のわが国への強い不信感、警戒感、敵対心は、この戦後処理への米国の強い不満から生じているが、それは、俺（スターリン）のせいというよりは、エジプト地域などでの、油田などの獲得に固執し過ぎた「老いたる帝国主義者」チャーチルに責任の過半があるのだ。

チェンバレンの開戦回避のための最後の賭け

前述のように、第一次世界大戦とその後も、ドイツと中国の蒋介石政権の関係は良好だった。蒋介石政権と対立し、局地戦を続けていた日本、特に陸軍とドイツは、敵対関係にあった、と言っても大げさではない。それが、日独伊三国防共協定を結んで、いわゆる枢軸国を形成するに至った過程をもう少し精査してみよう。

ターニングポイントはもちろん、ドイツの主導で到来した。いわゆる「五月危機（マイクリーゼ）」だ。

政権奪取後、1935年の再軍備宣言、36年のラインランド非武装地帯への無血進出、38年のオーストリア合邦と、望むままに拡張政策を進め、英仏が、ベルサイユ条約とロカルノ条約でワイマール共和国に課した「2度とヨーロッパ大陸の既成秩序に牙を剝くことのできない」体制はをほとんど骨抜きにすることに成功し、敗戦のショックとその後の経済混乱に打ちひしがれていたドイツ国民の熱強敵な支持を得ることに成功したヒトラーが、最初に大きな挫折を経験したのは、1938年5月だった。

ことの発端は、チェコスロバキアの工業地帯、ズデーテン地方の帰属問題。もともと、チェコスロバキアは、第一次大戦に破れ、解体されたハプスブルグ家の「オーストリア・ハンガリー二重帝国」から誕生した国家。ズデーテン地方には多くのドイツ系住民がいたのだ。ベルサイユ体制の原則である「民族自決」ポリシーから言えば、同地方はドイツに帰属すべきなのだが、英仏はこれを認めなかった。

このため、親独、親ナチの「ズデーテン・ドイツ人党」が結成され、ヒトラーは、彼らを煽って、分離独立運動を強め、この運動を支援する、という口実で、チェコへの軍事侵攻を狙っていた。ポーランド合邦でも成功した、「ドイツ民族主義をダシにして、英仏の弱腰の隙を突いての軍事占領、併合」手法を再び取ろう、としたのだ。

5月20日から21日にかけてて、ドイツ軍が国旗洋に集結している、とのウワサに、チェコ政府は、軍隊の「部分動員」を決めたのだ。

フランスとイギリス、そしてわれわれまでが、ドイツのチェコ侵攻は2回目の欧州大戦をもたらす、と強い調子でヒトラーに警告したため、大戦争勃発止む無しというところまで腹を固めていなかったヒトラーは、「チェコに侵攻する気は全くない」と釈明に努めて、当面の事態の沈静化を図ったのだ。誇り高く、天才的な国際情勢についての判断力を有する、と自他ともに認めていたヒトラーの最初の大きな挫折・屈辱だった。

しかし、ヒトラーは、チェコ侵攻、併合を諦めたわけではなかった。「ラインランド占領やオーストリアへの進駐の際と同様に、フランスが進軍せず、従ってイギリスも介入しないと（私が）確信した場合にのみ、私はチェコスロバキアに対する行動を決意するだろう」という文言のある作戦指令書も作った。

こんな奇跡のような事態が起こり得るのか。

ヒトラーの頭にあったのは、日本との提携だった。日本と軍事・外交同盟を結んでおけば、英仏がドイツに敵対する軍事行動に出た場合は、日本がアジアの両国の植民地を攻撃することで、両国のドイツに対する敵対心を打ち砕くことができる──こう、ヒトラーは考え、それまで、リッペントロップやウィルヘルム・カナリス、フリードリッヒ・ベックらが、ドイツ外務省やドイツ国防軍に異端視されながら、やはり、日本政府内の異端派だった大島浩・駐独大使らと進めてきた「日独軍事同盟・軍事協定締結構想」が、「異端の構想」ではなくなったのだ。

もちろん、ドイツ国防軍には、依然として親中国派、反日派は根強くいて、例えば、ドイツ陸軍参謀本部第三課は「日ソ戦争が勃発しても、ヨーロッパにおけるソ連の権力政治上の立場に、決定的な影響を及ぼすことは、全く考えられない。むしろ、日ソ戦争により、ヨーロッパにおける日本の同盟国は、英米との重大な紛争に巻き込まれるであろう」と、日独提携反対を強い調子で表明していた。ドイツ国防軍の主流派は、日本の軍事力を低く評価し、アジア太平洋地域で、米英と闘うことになれば、制海権を失い、軍事的優位に立つ可能性はないに等しい、と見ていたのだ。つまり、「全く頼るに値しないパートナーだ」と。

しかし、ヒトラーが、日本との軍事同盟を模索し始めると、リッペントロップらの主張の方が、ずっと声高になった。天才的な国家指導者、ヒトラーという神話がピークを迎えていた時期だけに、伝統あるドイツ国防軍もヒトラーの思惑に抗することはとても困難だったのだ。

ヒトラーは、ズデーテン・ドイツ人党と党首のコンラート・ヘンラインをフルに使い、チェコ政府への要求をエスカレートさせた。戦争だけは回避したい英仏は、チェコ政府にズデーテンドイツ人党との妥協を求める一方、調停にも乗り出した。

ヒトラーは、9月のナチス党大会で再び、ズデーテン地方のチェコスロバキアからの分離独立を強い調子でアピール、同地方では騒乱が続発、チェコ政府は戒厳令を敷く破目になった。

英首相のネビル・チェンバレンは、開戦回避のための最期の賭けとして、ヒトラーとのトップ会談を提案、38年9月15日に、ヒトラーの別荘のベルヒスガーデンで話し合いを行う。

ヒトラーは、チェコ政府がズデーテン地方のドイツへの割譲を呑む筈はない、と見ていたようだったが、何としても戦争は避けたいチェンバレンは、チェコ政府を説得して、ズデーテン地方割譲を承認させる。全欧州が、いや、ソ連も米国も息を詰めて成り行きを見守っていたズデーテン問題は、9月29日からの「ミュンヘン会談」で、正式にドイツへの割譲が国際的にも承認されてしまうが、欧州大戦の口火だけは、この時は切られずに済んだ。もちろん、オーストリア併合に続いて、チェコスロバキアも一気に呑みこむつもりだつたヒトラーは、この結果では不満たらたらだった。

ミュンヘン会談と独ソ不可侵条約の化し合い

ミュンヘン会談とその結果に、最も大きな衝撃を受けたひとりは、間違いなく俺（スターリン）だった。会談のメンバーに加われず、しかも、ヒトラーの脅しに怯えて、ズデーテン地方をドイツに割譲することをチェコスロバキアに了解させたた英仏を見て、俺は、次は英仏はヒトラーをソ連にけしかけるつもりだ、と理解した。

リアルポリティシャン、マキャベリストとしては、ヒトラーに何らひけを取らない、とみなされていた俺は、ヒトラーと手を組んででも、ナチス・ドイツのソ連攻撃を回避しよう、とした。しかし、レーニン以来、ファシズム、ナチズムを金融資本主義破綻を示す「最悪の反革命」と攻撃してきたソ連共産党（ボルシェビキ）のリーダーでもある俺は、いきなり、「独ソ連合・提携」を言うわけには行かず、徐々に、ドイツ批判のトーンを弱め、代わって英仏批判を強めた。そのことが、対外的にはっきり明らかになったのは、1939年3月のソ連共産党第18会大会での俺の演説だった。

この中では「英仏は、独ソ戦にヒトラーを踏み切らせる代償として、チェコにズデーテン地方を割譲させたのだ」と口を極めて、チェンバレン、ダラディエを非難したのだ。そして、外相をリトヴィノフから、腹心中の腹心のモロトフに変えた俺は、独ソ不可侵条約の締結に突進する。

ヒトラーは、政権奪取時から、「最後の敵は共産主義のソ連」という信念は微動だにしなかったが、当面の英仏包囲網を突破して、第三帝国の強大な領土を確保するためには、見せ掛けの「独ソ提携」などいくらでもやるつもりだったし、自分と似たタイプの政治家の俺にしても、自分と同様に「いつでも、どんな協定を結んでも、チャンスがあれば、瞬時に裏切って相手の寝首を掻く」つもりであることは、百も承知で、条約締結を進めたのだ。「狐と狸の化かし合い」だ。

そして、この化かし合いは、独ソ両国にそれぞれ、応分の「当面の利益」をもたらした。但し、俺にとっては、ドイツの侵攻を防ぎ、国境の外へ押し返すための軍事力の整備のための「時間稼ぎ」だったのだが。そして、カヤの外で見捨てられ、困惑しまくったのは日本と、世界中の真面目なコミュニストたちだった。まあ、冷酷非情な国際政治を巡る「駆け引き」ではこういうペテンも必要だったのだよ。了解してくれ。コミュニスト諸君。

日本の親独派のリーダーのひとり、松岡外相に正式に通告もしないまま、ドイツも独ソ不可侵条約の締結に踏み切り、１９３９年４月24日にモスクワで、モロトフと、ドイツ外相のリッペントロップは正式に条約締結を行った。

こうなれば、ヒトラーは強気一方、日本との軍事同盟の必要性もなくなり、39年9月1日、次の併合ターゲットだったポーランドにドイツ国防軍を軍事侵攻させた。もう、ズデーテン地方の場合のように、民族自決といった仮装をすることもなかった。堂々たる「他国侵略」である。ただ、ポーランド軍に見せかけたナチス親衛隊が、両国国境のドイツ放送局を襲撃する、といった若干のカムフラージュだけは行って見せたが。

しかし、チェコの時とは違って、英仏は、ドイツ軍のポーランド侵攻を確認するや、直ちに、ドイツに宣戦布告し、第一次世界大戦からわずか24年で、新しい世界大戦の幕が上がってしまった。

「独ソ不可侵条約」の締結に腰を抜かし、「国際情勢は曰く不可解」などと、禅問答のようなセリフを残して総辞職した平沼騏一郎内閣の後を受けた阿部内閣（陸軍大将）は、親独派の板垣征四郎元陸相や、大島浩駐独大使、松岡洋右らが進めてきた「日独伊三国防共協定」をもっと軍事同盟的なものに改組し、英仏とドイツの交戦が起きたら、日本が英仏に対する自動参戦義務を負う、という「枢軸強化」が具体化しなかったことにホッとしていた。

そうでなければ、このポーランド侵攻によって、日本も英仏と交戦状態に入るところだったのだ。しかし、緒戦での、「電撃戦」戦術によるドイツ軍の華々しい戦果、パリ陥落、フランス占領、ポーランド占領は、また、日本の「親独派」を元気づけ、ひいてはこの年の12月の真珠湾攻撃、日米開戦という事態を惹起した、とも言える。

三つの顔を局面によって使い分ける昭和天皇

このように、ドイツと比べても、帝国主義国家としての本質が脆弱で、「ドイツの欧州戦線での優勢」に煽られた形で、自国の存亡のかかった対米戦争に踏み込む、という「無謀さ」「出鱈目さ」を持っていた日本は、では戦争終結、敗戦について、どのようなプロセス、議論を経て、開戦国としては最悪の選択である「無条件降伏」を受諾したのだろうか。

ここでも、国家としての体をなしていなかったことが分かる。陸軍の強硬派が何度も開かれた戦争終結に関する最高レベルの会議で、具体的な可能性、戦略を提起しないまま、「徹底抗戦」「本土決戦」を主張し、和平派、戦争終結派がこのいわば「陸軍の宗教的信念」の壁を突破できないいまま、時間を浪費し、遂には、広島、長崎への原爆投下という日本にとっては、最悪の事態を招いてしまう。

その、根本的な原因は、当時の日本の最高権力者だった昭和天皇が、政策決定、戦争遂行計画決定においても、「最高責任者」なのかどうか、があいまいで、国家の意思決定の仕組みが確立しないままだったことによる、と思われる。

それは、宗教的権威と世俗的権威、そして、国家権力の最高決定者の三つの顔を局面によって使い分けるこの「天皇制」の「不可思議さ」に起因してといる、と思われる。第二次世界大戦を戦った国で、このような「曖昧模糊」とした権力体制だったところは、俺のソ連を含めて、他にはなかった。近代以前の国だったのだろうか。しかし、近代以前の権力体制の国が、世界戦争の一翼を担う、というのも、理解し難い話だ。

米軍が、沖縄本島に上陸を開始したのは1945年（昭和20年）4月1日だった。日本海軍は唯一、残されていた巨大戦艦、大和を出撃させ、連合艦隊として最後の決戦を米軍に挑んだが、豊後水道で早くも米潜水艦に発見され、4月7日に、沖縄海域のはるか手前、徳之島西方、鬼界ヶ島付近で米航空戦隊に捕捉され、撃沈された。以後、日本海軍には、戦闘に耐える艦船はなくなり、陸軍から吸収合併を申し込まれるような体たらくに陥った。

一方、米空軍が、日本の主要都市の無差別爆撃を開始したのは1945年（昭和20年）3月10日の東京大空襲から。戦略爆撃の専門家として、ドレスデンなどドイツの都市爆撃を担当してきて、日本の爆撃に担当替えとなったカーチス・ルメイ少将は米軍首脳の〝対日強硬派〟の代表格で「10月までには、日本には焼くものがなくなる」と豪語していた。米海軍は、日本沿岸からの艦砲射撃すら可能なほど接近していたし、米陸軍は、6月18日に開かれた最高軍事会議で、日本本土への上陸作戦を発表、「11月1日を期して九州南部に上陸（オリンピック作戦）、1946年（昭和21年）3月1日に房総半島と相模湾から関東平野を攻撃する（コロネット作戦）」とした。

日本陸軍強硬派の「本土決戦で起死回生の一発逆転を目指す」「水際作戦で、米兵を一兵たりとも本土に上陸させせない」「一億火の玉」などの仰々しいスローガンとは裏腹に、例えば、連合艦隊を見ても、開戦時と戦時建造を合わせると、637隻、総トン数193万トンを誇っていたが、終戦時は、168隻、32万トンが残るのみとなった。実質上、海軍は存在しなくなっていたのだ。

昭和天皇を含む日本の首脳、軍首脳も、1945年に入ってからは、戦局の圧倒的劣勢をはっきり認識しており、特に沖縄守備隊の玉砕、5月7日のナチス・ドイツの降伏は、彼らに大きな動揺をもたらし、敗戦、降伏が「現実的認識」となりつつあった。

しかし、彼らにとっては、問題はここでも、「日本的特異性の象徴」である天皇制の護持をどう実現するかであり、敗戦後の天皇制廃止、協和国制、社会主義革命などをどう防ぐかであった。しかも、「無謬の天皇」に意見具申をすることは最後まで憚られた。そういう意味でポッダム宣言受託、無条件降伏を決めたのは昭和天皇だった、とは言えるが、それは天皇が平和主義者だった」という戦後、日本で流された説とは裏腹に、昭和天皇なりに、「万世一系（と彼が信じていた）の皇統を絶やすわけにはいかない。そんなことになったら、皇祖にお詫びの仕様がない」という強い危機感の産物だったのだ。

だから、我々の主張した「昭和天皇の戦争責任を追及しよう」という立場は正しく、日本嫌いだったチャーチルもまったく別の視点から、同調していたのだが、米国がこれを拒否した。

極東軍事裁判のソ連側の代表だったヴィシンスキーなどの話では、米国内にも、昭和天皇を裁判にかけて、戦争責任を追及しよう、という声もあったようだが、長年、駐日大使を務め、開戦時もそうだったジョゼフ・グルーらの「親日派」の「天皇制を廃止すると、日本は内乱になりかねず、社会主義、ソ連の影響下に入る」といった説得が、結局、トルーマンら米首脳の考え方になってしまった。

「帝国主義戦争を内乱へ」というのは、レーニンの有名な「4月テーゼ」だが、この奇妙な国、日本では、何と、天皇制護持のための内乱が有り得たというのだ。もちろん、この内乱が社会主義革命に通ずる、などというのは真っ赤なウソで、「昭和天皇を守れ」という日本の民衆のゲリラ、蜂起が社会主義になど行き着くはずもない。

カップ一揆、ミュンヘン一揆と同じ「反革命蜂起」に決まっている。しかも、実際には、無条件降伏を巡っては、一部軍人の抵抗があっただけで、民衆レベルの抵抗、ゲリラなど皆無だった。中国大陸の関東軍（日本陸軍）などは、非軍人の日本人入植者を見捨てて、我先に逃げ出す始末だった。

日本に進駐した米兵も大変、驚いたようだったが、俺も後に映像で、凱旋する米兵に「ギブミー・チューインガム」と擦り寄る日本人の姿を見て、大変、驚いた。「この国は理解できないな。全く異質の国、国民だな」と強く感じたものだった。

第5章

天皇制日本の無条件降伏をめぐる国際情勢

昭和天皇・裕仁（1901～1989）

高木惣吉海軍少将の冷徹な戦局分析は無視される

真珠湾攻撃で始まった日米開戦、太平洋戦争（大東亜戦争）はしかし、日本軍の軍事的優位は、ほんの短期間しか続かなかった。ナチスドイツに比べてもその期間はとても短かかった。

１９４２年（昭和17年）６月、開戦から半年で、日本海軍はミッドウェー海戦で惨敗を喫した。12月には、大本営はガダルカナルからの撤収を決めた。43年１月には、ルーズベルトとチャーチルは、モロッコのカサブランカで会談し、日独伊３国にいずれも無条件降伏を突きつけることで早くも合意している。この年の２月には、ドイツ軍がスターリングラードでソ連国防軍（赤軍）に降伏、７月にはイタリアのムッソリーニが失脚している。

もちろん、日本軍の軍事的優位が続かなかった背景には、粗鋼や自動車の生産力で、「１００対１」という隔絶した経済的ギャップが横たわっていたのだが、特に海軍が自慢していた「個別の海戦での作戦の卓越さ」といったことも実際には全く存在せず、「闇討ち」だった真珠湾攻撃以降、「圧勝」と言える戦いはなかった。日露戦争の勝利以降、「独りよがりの天狗」になっていたこの国は、戦争の戦略・戦術、現場での戦闘作戦や戦闘指導でも、「世界に冠たるレベル」と思い込んでいたが、そんな「実力」はどこにもなかった。武士道的な「精神優越主義」が、こうした「軍事的卓越主義」に拍車をかけ、「死を怖れ、物質文明に溺れた米英兵士など歯牙にもかけない」といったムードが軍人だけでなく、全国民的に蔓延していた時期もあった。しかし、序盤の優位性の流れの中で戦われたミッドウェー海戦ですら、戦況分析の誤りから、大惨敗に終わり、連合艦隊不敗神話は、開戦後、半年で崩壊したのだ。もっとも、大本営も政府も、この敗戦を徹底的に隠蔽したたため、国民の間には、もうしばらく、「連合艦隊神話」が残留したが。

日本では、1945年2月に、昭和天皇は、重臣をひとりづつ、宮中に拝謁させ、戦争の見通しについて意見具申させた。44年11月のレイテ戦敗北、45年1月のルソン島陥落、マリワナ諸島をベースとする米空軍の日本本土爆撃の激化などで、天皇も戦争の行く末に深い危機感と不安を覚えたようだった。

ヤルタ会談が開かれている2月14日に参内した近衛は、「敗戦は遺憾ながら最早必至なりと存知候」と述べ、「最も憂うべきは、敗戦に伴うてあるべき共産革命」と、降伏後の社会主義革命に強い懸念を示した。しかし、前述のように、このような懸念は、昭和天皇周辺の天皇主義者の過剰反応だ。ボルシェビキも前衛党も存在せず、左翼的な大衆運動も久しく起こらず、まして、米軍の占領下に置かれる敗戦後の日本で、社会主義革命の可能性はゼロだったろう。東欧のように、我がソ連軍が駐屯できれば、話は違ったろうが、日本を巡っては、我がソ連が担当したのは、中国に駐屯していた日本陸軍（関東軍）の封じ込め、解体だけだった。この任務も、このデタラメ極まりない軍隊の自壊で、ほとんど何の戦闘も起きないまま、完了したのだったが。

それはとにかく、この近衛の上奏について、天皇最側近の木戸内大臣は、敗戦が不可避であること、皇室を救うためには和平が必要であることについては、近衛の意見に同調した。しかし、和平に漕ぎ着けるには、軍部、特に陸軍を説得しなければならず、これには大変な困難が伴うことも自覚していた。当時の小磯内閣には、いかに戦争を終わらせるか、についての計画は全く存在しなかったのだ。

２月15日に、大本営は、最高戦争指導会議に「世界情勢判断」を提出、「米軍は、マリアナ諸島とフィリピンを基地に、日本本土上陸・占領の準備を進め、また激しい空爆を行って、本土上陸作戦の際の日本側の抵抗を弱化させるだろう」と、その後の米軍の展開をほぼ、正確に予測している。

また、「米国はソ連を極力、対日戦に引き入れようとしている」として、日ソ中立条約を破棄する可能性や、日本の軍事的抵抗力が著しく低下した場合には、スターリン（つまり俺）は、欧州戦線（独ソ戦）の如何に関わらず、対日戦に戦力を投入する決断をするかも知れない」と懸念を表明している。大本営は、この時点では、その後の戦局の動向と、日本にとっての懸念材料について、ほぼ正確で冷静な見通しを有していたことがわかる。

しかし、日本が取るべき戦術については、「米国も人的資源の消耗が増大し、さらに米英とソ連との確執も激化の兆しがある」として「わが出血作戦による（米国の）人的資源の損耗は、米の最も苦痛とするところなり」と玉砕戦法による本土決戦、水際決戦を称揚している。ピンチに陥ると、精神主義が台頭して来る日本軍の「病理」がここでも発現しているわけだが、沖縄では、この方針に沿った「玉砕死守」方針で日本は戦い、民間人を含む多大の犠牲を出して、文字通り玉砕した。

日本外務省も戦争終結に向けて、検討作業は行っていた。45年2月に、外務省条約局は、無条件降伏、米軍占領、日本の非軍事化、民主的改革、軍国主義の除去、戦犯の裁判、天皇の処遇などについての、連合国(米国)の政策を調査・分析した報告書を提出した。「連合国は日本に無条件降伏を要求するであろうが、天皇の処遇については意見が分かれている。ただし、軍国主義を除去するための、民主改革実施の必要性については一致している」としていた。

米内海軍大臣に、極秘の戦争終結計画の作成を依頼されていた高木惣吉海軍少将は、45年3月に「和平計画の第二中間報告」を完成した。ドイツの敗戦はもはや不可避とし、今後、連合国は欧州の戦後処理と日本の早期降伏に全力を挙げてくる、と予測。戦後の米軍を中心とする連合国の日本統治では、グルーらの対日宥和派、穏健派の「米国に協力的な政権を樹立し、軍部による指導を一掃して、民主的政体への変革を図るだろう」と自身の希望も含めた見通しを披瀝している。当然のことながら、天皇制廃止、昭和天皇の戦争責任追及は行われないのではないか、と見ていた。わが国については、世界革命といったかってのコミンテルンの路線から離れ、戦後は、ソ連の国益、地政学的利益を重視する「リアル・ポリティックス外交」を展開するだろう、と分析している。

この分析は鋭い。日本軍の幹部に、しかもこの断末魔の大混乱期にこうした冷徹な分析の出来る奴がいたことには、俺も驚く。単なる反共国家ではなかったのかも知れない。

鈴木貫太郎首相も「あと一撃」論者だった

45年４月には、日本をさらに追い詰めるいくつかの大きな動きがあった。１日には米軍が沖縄上陸を敢行した。３日には統合参謀本部が、マッカーサーとミニッツに九州上陸の軍事計画の作成を命じた。５日にモスクワでは、モロトフが佐藤・駐ソ大使に「日ソ中立条約」の破棄を伝えた。同日、小磯内閣が総辞職し、７日に鈴木貫太郎内閣が誕生した。12日にはルーズベルト米大統領が急死し、副大統領だったトルーマンが33代目の大統領に就任した。建国直後を除いては、大学卒でない米国史上初の大統領だった。

鈴木内閣の外相には、開戦時の外相だった東郷茂徳が就任した。早期和平派だった東郷は鈴木に、戦争終結の見通しを正したところ、「まだ2、3年は大丈夫だ（戦える）」という答だったため、外相就任を断ろうとしたが、宮中からの強い要請があり、止む無く引き受けた。

陸相には、継戦派の最先鋒の阿南惟幾何・大将が就いた。陸軍は、阿南陸相を承認する条件として、「あくまで戦争を遂行すること」「陸海軍を一体化すること」「本土決戦のために陸軍の提起している諸政策を実行すること」の3条件を突きつけた。鈴木内閣を潰すつもりだったのだ。しかし、鈴木はこの条件をあっさり受け入れた。ただ、海相には、和平派の米内光政を留任させた。

降伏前の最後の首相となった鈴木は、高齢でもあったためか、和平派なのか、継戦派なのか、はっきりせず、21世紀になっても、その評価は確定していない。国民には「徹底抗戦」を再三、呼びかけている。昭和天皇は、ポツダム宣言受諾の御前会議直前までは、「本土決戦で米軍に一泡吹かせて、有利な状態で和平交渉に臨もう」という「あと一撃論」者だったが、鈴木も、玉砕派ではなかったにしても、「即和平派」ではなく、「あと一撃論」者だったようだ。

4月以降、日本はわが国の対日参戦を防ごうと、必死の努力をしていた。赤軍が欧州戦線の兵力の一部を極東に移動し始めていたからだ。

参謀本部の見方は割れていた。ソ連の情報分析を担当していた第五課は、8月か9月には、ソ連が対日参戦に踏み切る、と見ていたが、第十二課は、スターリンはあわてて対日戦に踏み切るほどバカではない。日本の国力・軍事力がいっそう弱体化するまで傍観し、米軍の日本本土上陸作戦が始まってから、参戦するだろう」との見方で、こちらの考えが、陸軍の主流になっていた。

5月8日、61歳の誕生日の日に、トルーマンはドイツが降伏した、との報告を受けた。トルーマンは直ちに記者会見を行って、ドイツに対する戦勝を祝う声明を出し、最後の部分で日本と太平洋戦争に言及した。「日本の更なる抵抗は、その軍事産業の完全な破壊をもたらすだけだろう」と警告した後、「我々の猛襲は日本の陸海軍が無条件降伏をするまで止むことはないであろう」と敷衍し、「では、日本人にとって、いったい、軍隊の無条件降伏とは何を意味するのであろうか」と自問し、こう自答した。

「それは、日本を現在の災厄の崖縁に立たせた軍事指導者の影響を抹殺すること」であり、「現在の断末魔の苦しみを続けながら勝利するという無駄な希望を捨て去ることである。それは、日本人を殲滅したり奴隷化することを意味しない」。

「日本の無条件降伏」を「日本の軍隊の無条件降伏」と言い換えている点が注目されるが、東郷外相は、鋭くもこの点に気がついたが、正式には日本政府は、このトルーマン声明に対し、何の反応も示さなかった。その理由はもちろん、「天皇の地位と国」について、この声明が何ら言及していなかったからだ。しかも、陸軍は依然として、日本陸海軍の武装解除、解体には強く反対していたから、このトルーマン声明でも、無条件降伏を受け入れる、という気運は高まらなかった。しかし、木戸、高松宮らは、声明が昭和天皇について言及していないことから、「米国は、天皇制を廃止するつもりはない」と判断し、陸軍の抵抗を抑え込んで、和平、降伏受諾に進む道の模索を強めた。

一方、駐日ソ連大使、マリクは、俺（スターリン）に、5月初旬に、「陸軍を除く日本の指導層の多くは、戦争を早急に止めなければならない、と認識しているが、米国が無条件降伏を求めているため、和平交渉に入れないでいる」と報告、「日本が無条件降伏を受諾することはないだろう」と分析した。俺にも、日本がどう出るかはこの時点では良く分からなかった。

阿南惟幾陸軍相に危機感を深めた天皇側近

5月5日、東郷外相は、それまでの最高戦争指導会議を最高戦争指導会議構成員会議に改組することにし、11日、12日、14日に改組後の最初の同会議が開かれた。ソ連の対日戦参戦防止を当面の最重要外交・軍事方針とする決議がこの会議で決まった。

この太平洋戦争の最終局面で、日本の指導層がわが国に異常とも言える関心を払っていたのはどうしてか。ノモハン以降、戦火を交えることがなく、日ソ平和条約を遵守してきたソ連に、反共思想の国ながら、共感が芽生えていたのか、米国の圧倒的な軍事力を直視することに辟易として、ソ連に着目したのか、ナチス・ドイツをベルリンまで押し戻し、ヒトラーを自殺に追い込んだわが赤軍の偉大な力に感服したのか、満州など中国大陸の利権を少しでも残すには、ソ連との宥和が不可欠と考えたのか。何よりも、米国との和平交渉、停戦条件について、ソ連に仲介をして欲しかったのだろう。しかし、無条件降伏受諾の3カ月前の時点で、米国、米軍をさておいて、わがソ連の分析に血道を挙げている日本という国はやはりおかしくなっていたのだろう。

とにかく、参戦防止、中立確保、戦争終結の3つの目的を達成するために、日ソ交渉を行うことが決まった。ただし、4月に作成された「種村意見書」に比べても、「朝鮮は日本に留保すること」など、陸軍主流派の強硬意見が色濃く出たものとなっている。この期に及んでも、まだ、領土について主張する余地がある、と思っているあたりに、この国の当時の指導層の「自分たちの立ち位置」すら客観視できない知的レベルの低下がはっきり顕われていることは、頼られた当のソ連の指導者たる俺（スターリン）の目にもすぐ分かるのだが。

しかも、この決定すら、阿南惟幾陸相の「日本はまだ本土を失っていないのだから、敗北したとは言えない。われわれが敗北した、という前提で交渉することには反対である」との抗議を受け、「戦争終結」をソ連との交渉の議題とすることを撤回してしまうありさまだった。

東郷は、ソ連との交渉を終戦への交渉に転化することを目指していたが、阿南は、あくまで本土決戦のために、ソ連の中立を確保することが、対ソ交渉の主目的だ、と理解していた。日本がまだ、戦争を継続できるのか、いつまでそうできるのか、条件付降伏に持ち込むための具体策とその条件、という喫緊で最重要なテーマは、この段階でのトップ会議でも話し合われなかったのである。

また、東郷、米内、梅津（軍参謀総長）がそれぞれの立場で秘かに進めようとしていたバチカン、スウェーデン、ベルン（アレン・ダレスとの交渉）がこの後、打ち切られてしまう、という致命的な事態も招来した。

こうした陸軍の「頑迷固陋さ」に一段と危機感を深めた天皇側近と、東大教授などの知識層は、「皇室の維持のみを条件として、連合国の無条件降伏を受け入れ、陸軍の説得には海軍に当たらせ、最終的には、ご聖断の形で、徹底抗戦派の主張を抑え込む。昭和天皇は、降伏後、退位する」という和平構想を木戸内大臣に提出する。木戸はこれを受けて、6月6日に「終戦試案」を書き上げた。

「45年末まで、この戦争を継続することは不可能」とし、「軍部から和平を提唱し、政府がこれに従って和平交渉を進めるのが筋道だが、軍部に強硬な和平反対派がいるため、これは不可能で、昭和天皇の英断によって、戦局の収拾を図るしかない」とした。そして、米英との直接交渉より、ソ連の斡旋に頼ることが妥当だ、と判断している。

木戸は6月9日にこの試案を天皇に説明、天皇はこの試案を承認し、即刻、着手せよ、と命じた。

「あと一撃論」に固執していた天皇も、満州や国内を視察した軍首脳の報告、つまり、「もうロクな兵器はありません。満州には8箇師団の兵力しか残っておらず、国内も本土決戦など掛け声だけで、実施できない」との説明に、即平和論に組し始めていた。強硬派の阿南も、木戸の説得に渋々、木戸試案に賛成した。

6月18日の最高戦争指導会議は、「9月までに戦争が終結するように、7月末までに、ソ連の斡旋を要請すること」を決定した。こうして、ついに戦争終結が日本の最高方針となった。

6月22日、最高戦争指導会議構成員会議の非公式な集まり（懇談会）が、宮内庁第二期庁舎で開かれた。表宮殿は、5月25日の空襲で炎上してしまい、昭和天皇が出席する会議は、御座所が設けられた第二期庁舎の2階の「拝謁の間」で行われていたのだ。

天皇は、6月6日の御前会議での「あくまで戦争を継続すべし」の決定はもっともだが、一面、時局収拾について考慮することも必要だろう。各自の所見を聞きたい、と自ら切り出した。

誰もが認める穏健派、和平派の米内海軍相は、鈴木首相に促されて、自論を展開した。

「6月6日の最高戦争指導会議で、綜合計画局長の〝国力の現状に関する報告〟を聞き、もはや戦争を継続できる状態にないことを知って憂慮に耐えない。18日の構成員会議で、ソ連に和平の斡旋を求めることで意見が一致した」

いつも、自論をはっきり述べない鈴木は、実は、米国向け、国民向けには戦争継続、徹底抗戦をアピールしつつ、米国が近く和平条件を提示して来るのではないか、と期待していた。しかし、米国はいっこうに条件提示をしないままだった。

梅津参謀総長も米内に賛成した。継戦派の阿南陸相と豊田軍令部部長もこの日は沈黙したままだった。天皇が、和平に向けて動き出そうとしている、と聞いていたからだった。

昭和天皇はずっと、日本軍が乾坤一擲の勝利を挙げそれをテコに米国との和平交渉に臨んで、少しでも有利な停戦条件を引き出したい、と考えていたようだ。しかし、そのような軍事力はもはやこの国にはなくなっており、この期に及んでも、和平に向けて動き出さないと、ジョゼフ・グルーら米国内の穏健派、対日宥和派の発言力も失われてしまう、ルーズベルトの後任のトルーマン大統領は、ソ連への対応を見ても、強硬な姿勢を取る「強い大統領」で、機を失すると、降伏に際して、何が何でも守りたい、と思っている皇室の存続すら危うい、という強い危機感をこの時点では抱いており、そのことを公にすることを最早、逡巡していなかったのだ。

ことここに至っては、陸軍と言えども、和平反対と言うことは出来なかった。

天皇はまた、石渡・宮内大臣に、「東宮職」を置いたらどうか、とも下問していた。端的に言って、これは天皇が退位し、皇太子に摂政職になってもらう、ということだった。日光に疎開していた皇太子、明仁はまだ13歳だったが。

米国も日本の統治システムがよく分からない

俺(スターリン)から見て、この日本という国の「奇妙さ」は、敗戦という非常事態の中でも、「戦争継続」の中で、一筋の光明を見出そう、としていた陸軍も含め、戦争をもたらした旧体制の最高権力者である昭和天皇と天皇制を必死に守ろう、という国民的コンセンサスの存在である。

第一次世界大戦の敗北で、ドイツではウィルヘルム2世が退位し、ワイマール共和国制に移管した。ロシアでは、ロシア革命が起こり、ニコライ2世は処刑されて、ロマノフ王朝が崩壊した。

しかし、日本では、日米開戦と戦争指導に失敗した天皇への怒りの声はほとんど上がらず、むしろ、祖国崩壊の危機の中でも、いかに天皇を守るか、が和平の「最後の条件」になったのだ。日本の場合、絶対王政的色彩が強かったものの、天皇は親政を行わず、側近や軍首脳が「輔弼」と称して、天皇の意を体して、政策決定を行ってきた。しかし、それはあくまで、「天皇の意を体する」という範囲内であり、はっきり明示されてはいないものの、彼らは常に「天皇はどう思っているか」を気にし、忖度し続けてきた。

そして、国家存亡のかかった降伏という決断を巡っては、最終的には、天皇自らが、停戦・和平・降伏という道を選択し、皆がこれに従ったのだ。

こういう統治形態は、日本以外にないのではなかろうか。政治が嫌いだったニコライ2世も、側近と官僚に統治を委ねていたが、クリミア戦争、日露戦争、第一次世界大戦と相次ぐ敗北で、国民はとうとうロマノフ王朝を倒した。形式的ではあっても、太平洋戦争の最高指導者だった天皇を、戦争の最終局面で、降伏後も守ることが戦争遂行の最終目的になる、というのは、ちょっと理解し難い「逆説イロニー」だ。

無条件降伏を巡って、米国の指導層が昭和天皇と天皇制の扱いに最後まで苦慮したのも、こうした統治システムが良く分からなかったからだろう。東京に原爆を落として、天皇制を物理的に抹消する、というオプションも有り得ただろうし、短気な俺が米国大統領だったら、そういう乱暴な選択をしたかもしれなかったが。アジアの国家は、欧米の国家と違う、ということだろうか。

「2000年の連綿たる皇統の歴史」などと、日本では言われていたようだったが、天皇制など、明治維新という ブルジョワ資本主義革命実現の際に、国民の統合軸として、「歴史のクズ籠」から引っ張り出されてきた「過去の制度」だったことは、誰にでも分かることだ。

無条件降伏の調印式には昭和天皇の姿はなかった

昭和天皇が「あと一撃」と期待をかけていた作戦のひとつに「一号作戦」があった。

今では、日本を太平洋戦争に引っ張り込んだ張本人と指弾され、昭和天皇も辻政信と並んで、戦後、露骨に嫌悪感を示したと言われる大本営作戦課長などを歴任した服部卓四郎が立案し、実行された計画だった。

服部は、太平洋戦争序盤の日本軍の予想外の苦戦は、海軍の弱さ、特に海上での補給線の維持が出来ないことにあり、ガダルカナル、ソロモン、ニューギニアなどの南太平洋諸島での日本軍の玉砕はいずれもそのせいだ、と考えていた。

そして、1943年(昭和18年)10月に作戦課長(大本営第二課長)に復帰した際に、海軍に依存しない中国大陸での軍事作戦を敢行して、米軍が中国の沿岸部に建設しようとしていた日本本土爆撃のための飛行場計画を潰し、さらには、泥沼化する中国大陸の蒋介石・国民党軍との戦局を大転換させようと、「南北打通（縦断）」の作戦を立てた。

現に同年11月には、台北の日本海軍航空基地が米軍機の空爆に逢ったが、発進基地は、江西省の飛行場だった。

計画は、北京から漢口、広東までと、漢口から桂林、南寧、ハノイに至る交通路を切り開き、江西省に米軍が建設を予定していた新たなＢ―２９の発進基地計画を潰す、というものだった。反対も強かったが、辻政信が強く支持し、44年１月に計画実施が決まった。

作戦は４月18日に始まり、黄河を渡河した14万人の北支那方面軍は、国民党軍の抵抗をほとんど受けずに進んだが、経済力、軍事産業の弱体化が顕著になっていた日本は、結局、桂林、柳州まで進撃し、道路を作るのが精一杯で、蒋介石のいた重慶を攻略する余力はなかった。

また、国民党軍の弱体化と、日本軍に果敢にゲリラ戦を挑む八路軍などの毛沢東派のパワーアップもこの過程を通じて明らかになり、ルーズベルトは、中国の軍事・政治情勢の見直しに取り組まざるを得なくなった。

ルーズベルトの国民党びいきは、米国でも広く知られており、１９４３年のカイロ会談、テヘラン会談で、戦後世界を米英ソと中華民国の４大国で支配しよう、という構想まで表明していただけに、彼のショックは大きかった。

土壇場の土壇場で、昭和天皇が起死回生の夢をかけた「あと一撃」は、一号作戦のような大規模なものではなかった。もはや、日本には「オペレーション」と呼ぶにふさわしい軍事作戦を遂行する力はどこにもなくなったいた。

ウンカの如く来襲するB―29を追撃するはずの「航空機」の製造はいっこうにメドがつかず、レイテ島で敢行するはずの米軍との一大決戦はいつの間にか、ルソン島の決戦に変わってしまった。

昭和天皇は一時、誰に吹き込まれたのか、中国雲南省の首都、昆明を攻略して、米国、国民党軍に一矢を報いる計画に関心を寄せていたこともあった。「一号作戦」が、中途半端ではあれ、実施されたことに刺激された構想だったのだろうが、「天皇が関心を寄せる計画」だったにも関わらず、全く具体化することはなかった。

豊田副・軍令部総長がこの時点でも、「水際作戦で、本土上陸を企てる米軍に、壊滅的な打撃を与えることは可能」などと上奏していたのは、「一億火の玉」といった精神主義的玉砕論の域を一歩も出るものでなく、天皇も、そんな話を当てにして、戦争継続できるとは、45年4、5月の時点では全く思っていなかったようだ。豊田自身、本心では、単なる陸軍に対する「オベンチャラ」と思っていたのかも知れない。


こうして、枢軸国としては、最後に、日本は1945年(昭和20年)8月15日に無条件降伏した。開戦以来、つまり真珠湾攻撃以来、3年9カ月が経過していた。明治維新、いやその前の徳川幕藩体制の時と同じ「4つの島」だけを領土とする国家として。

9月2日に、東京湾に浮かんだ米戦艦ミズーリ号の甲板上で行われた「無条件降伏」文書の調印式には、しかし、昭和天皇の姿はなかった。日本政府代表は軍のトップとしての梅津・軍令部長と、外交間代表の重光葵だった。

このことを知った俺（スターリン）も驚いた。戦後もずっと続いた天皇制を巡るこの国の「他国には理解し難い〝暗部〟」がここにも、ポッカリと黒い口を開けている気がした。

非戦闘要員も含め270万人の死者を出し、国の富の4分の1を失ったこの戦争で、日本は結局、天皇制を守る、という要求だけを戦勝国に認めさせることが出来ただけだった。

補論

日本の経済学者のナチス体制論

アドルフ・ヒトラー（1889〜1945）

スターリンの回想録はいったん、ここで終わっているが、この文書の最後には、「新左翼」と呼ばれた1960年代の日本の「ボルシェビキ」の一派に近い経済学者がまとめた第二次世界大戦の分析を要約したらしい文章が添付されている。どういういきさつで添付されたのかは分からないが。以下はこの本（川上忠雄著「第二次世界大戦論」＝風媒社刊、1972年）の要約である。

ナチス体制はプロレタリア革命の陰画

ヒトラーが牽引したナチス体制とは何であったのか。歴史的経過の記述だけでなく、少し、本質的、マルクス主義的分析を行おう。ただし、スターリン、ソ連は、既にこの時代には、リアルポリティックス的観点を強く打ち出しており、こういう左翼的、マルクス主義的分析とは、かなり隔たりのある視点から、ヒトラーとナチス・ドイツを見ていた。

ナチス・ドイツ、ワイマール共和国、ミュンヘン会談などを、マルクス主義的に解明しようとしていたのは、トロツキーだが、スターリンの〝暗殺の魔手〟を逃れての苦しい亡命生活が続いていたトロツキーも、ロシア革命の頃のようなシャープな分析力は失われ、コミンテルンに対抗して、立ち上げた第4インターナショナルという国際組織も、世界的な影響力は微々たるものだった。

ナチズムは、ワイマール民主主義体制の政治的危機を媒介とした反革命的転化物だった。それは、ブルジョワ民主主義的形態の階級協調システムの反革命的清算だった。革命の方向にブルジョワ民主主義体制を変えたのではなく、反革命の方向に変えたのだった。ローザ・ルクセンブルグやカール・リープクネヒトの「スパルタクス・ブント」の蜂起が失敗した時点で、ドイツ・プロレタリアの権力掌握の可能性は潰えていたのだ。しかし、ブルジョワ民主主義体制の反革命的清算というのは、歴史上、始めて登場した出来事で、ヒトラーという一種の狂人が指導しただけに、マルクス主義のような論理的整合性はなく、理論と呼べるほどの体系も構築されたわけではなかったが。

ナチズム体制の最も重要な構造的特徴は「全体主義国家」「指導者国家」「運動国家」の3つの要素だ。

ナチ党はまず、あらゆる民主主義的政策決定機構――議会、ナチ党を除く諸政党、ナチ党系を除くあらゆる社会諸団体、とりわけ労働組合を骨抜きにした。だから、立法権は存在しなくなり、行政権、具体的にはナチ党の官僚と旧来からの官僚、そしてドイツ国防軍が国家政策を決定することになった。

しかしながら、ナチスという政治運動はヒトラーの独創で誕生したものであったので、結局はヒトラーがあらゆる政治・軍事課題を決定する、という「指導者国家」に帰結した。大統領と首相を兼務し、「総統（フューラー）」という名称でヒトラーを呼ぶようになったのは、このためだ。この、「たったひとりの人間が全ての権限を握る」という〝異様な体制〟には、同じような独裁者と見なされていたスターリンも驚愕していた。

ソ連の場合は、共産党の官僚が国家運営を行う、というウェイトが、ナチス・ドイツよりずっと大きかったのだ。ただし、ナチス幹部には、企業経営、資本主義経済に精通した者がほとんどおらず、経済政策は、場当たり的で一貫性がなく、極論すれば、「ナチスには戦争遂行以外の経済政策はなかった」のである。

ナチズムの先行形態で、ヒトラーも色々と参考にしたイタリアのムッソリーニのファシズムの場合は、党の国家への優越を一応、主張したものの、党と王政国家の妥協的並存体制に止まる「中途半端さ」を最期まで払拭できなかった。

世界を再編することなしには、経済危機克服の道がないところまで追い込まれた「ヨーロッパ大陸随一の帝国主義国ドイツ」は、イタリアのような中途半端さを乗り越えて、極限まで突き進んだのだ。ヒトラーというひとりの男に、国家の命運の全てを託す、という「途方もないリスク」と引き換えに。

しかし、もちろん、ヒトラーとナチスも、彼らを熱狂的に支持したドイツ国民を十分に満足させる政治的・軍事的成果をすぐに獲得したわけではない。プロレタリアを粉砕して登場したナチス体制だけに、その主張は、民族主義的・人種差別的で、領土拡張の要求に応えなければならなかった。

特に第一次世界大戦の敗北とベルサイユ会談で、領土的交代と途方もない戦後賠償を負ったことが、ヒトラー登場をもたらしただけに、ラインラント、ポーランド、ズデーテン地方などの「かってのプロシャ領土」回復への強い期待を次々に実現していかなければならない、という〝重荷〟を政権発足以来、背負っていた。

しかし、領土拡張の実現は、英仏、場合によってはソ連との軍事衝突、戦争なしには達成されそうになく、軍事力、軍事体制のほとんど無限とも言える増強を伴うものだった。こうして、「戦争に突進する国家体制構築」を止めることが出来ず、常に緊張状態が続き、走り続ける「運動国家」としてナチス体制は維持されるしかなかった。

こうした、高い緊張状態が長期間、続くことに耐える国民のエネルギー、忍耐力の源はやはり、プロレタリア革命という形では発散されなかったものの、くすぶり続けるドイツ・プロレタリアの現状改革への強い期待、現状への強い不満だったのだ。そういう意味で、ナチス・ドイツは、「プロレタリア革命」の陰画、つまり、やはり、反革命体制だったのだ。

ナチズム体制の階級的性格は、スターリン時代のコミンテルンが第7回大会（1935年）に規定した「金融資本の暴力的独裁」だったのか。それとも「絶望に目が眩んだ小ブルジョワジーの独裁」だったのか。どちらでもないようだ。

小ブルジョワジーを権力基盤・社会的基盤としつつも、「社会の全階級のうえに聳え立つ権力の支配」であり、端的に言えば、小ブルジョワジーを反革命突撃部隊に組織した「傭兵隊長の支配」、それも「カリスマ的な支配」だったのだ。

ドイツの金融資本とそのもとで働く小ブルジョワジーは、外国人の傭兵隊長にローマ皇帝の座を譲り渡した末期のローマ帝国のように、プロレタリアートの諸組織を打ち砕いてくれる「反革命の傭兵隊長の支配」に身を委ねたのだ。この傭兵隊長ヒトラーの支配の中味は、「剝き出しの暴力的なブルジョワ独裁」ではなかった。ナチズムは、企業の国有化など、反資本主義的政策も掲げていたのだ。いうならば「資本主義がその危機に遭遇して生んだ鬼っ子」だった。

武力による世界政治体制の再編を目論む

ナチス・ドイツのベルサイユ体制への挑戦は、ベルサイユ＝ワイマール体制の維持が世界恐慌を引金として不可能になったことを乗り越えようとしたものであっただけに、第一次大戦でのドイツ帝国の「大英帝国下の平和（パックス・ブリタニカ）」への挑戦とははなはだ異なった性格を帯びていた。

第一に、この挑戦は「ナチズム体制の輸出」、つまり「反革命の輸出」だった。帝国主義的侵略、市場分割戦に止まらず、ボルシェヴィズムへの激しい敵意を抱き、「ボルシェヴィズムの根絶」を当初から掲げていたのだ。現実的なソ連との利害の衝突による敵意ではなく、イデオロギー的、党綱領レベルでのいわば「抽象的」な敵意で、反革命運動たる由縁でもあった。

しかし、抽象的な敵意ゆえ、これまで見てきたように、現実の政治的駆け引き、リアルポリティックスの場では、ヒトラーのマキャベリスティックな性格もあって、彼我の力関係によっては、どのような妥協も厭わず、「独ソ不可侵条約」のような取引も行われたのだ。もちろん、それを瞬時に裏切り、反故にすることにも、何の抵抗感もなかった。一方、相手のスターリンも、レーニンやトロツキーのような「マルクス主義的原則」へのこだわりはないに等しく、ヒトラーとの妥協が実現する土台が存在した。この「無原則性」「融通無碍さ」は、スターリン主義をとても複雑で分かりにくいものにしたのだ。

しかも第二に、ナチズム体制は、国民大衆をいちはやく世界戦争準備のため、政治イデオロギー的に動員結集し、恐るべきエネルギーを蓄えていた上、ブルジョワ民主主義体制に固有の政治制度的制約からも解放されて、そもそもの初めから対外復讐、世界政治体制の武力による再編成を要求する体制として登場した。極端な軍事冒険主義である以外に選択のない体制だったのだ。

こういう体制を相手にしては、「戦争回避」の道を選ぶことは、極めて困難で、チェンバレンやダラディエ、スターリンの苦労も、この点から生じていたのだ。止まると倒れるコマのような政治体制だったのだ。ただし、国内的には、プロレタリアートの反乱を粉砕したあとに誕生した体制、政党政治も潰した独裁体制だったので、次の大戦に備えたドイツ国防軍の増強、軍事産業の振興は、石油等の資源問題を除いてはスムースに進み、「電撃戦」という新しい戦術の採用もあって、第二次世界大戦序盤でのドイツ軍の「破竹の進撃」を可能とした。そのことが、ヒトラーの「総統体制」への信頼を高め、カリスマ性も一段とエスカレートした。ヒトラーが、「不可侵条約」をあっという間に反故にして、対ソ連戦に踏みこんだのは、英国占領の失敗という要素が大きかったが、緒戦以来の軍事的成功で、自らの戦争指導力を過信してしまったことも大きい。そして独ソ戦が、ヒトラーの躓きの始まりとなったのだ。

もちろん、軍事大国化は、容易な道ではなかった。第一次大戦の敗北と、その結果としての天文学的な賠償支払いにあえぐ「三流国家的」経済・財政状態からのスタートだったし、石油をストックしようにも、支払いに充てる金準備が底をついていた。

常に絶望的、自暴自棄的状態で、それでも、「欧州大陸の支配者」足る夢を棄てなかったところに、ナチズム体制の第三の特徴があった。ニヒリズム革命などと言われたのは、こういう面を指す。またニーチェの「超人思想」をヒトラーが取り入れようとしたのも、「尋常のことでは乗り越えられないドイツの制約」を超えるには、こういう非日常的・超越的思考的がいる、と直感的に思ったからだろう。

運動国家ナチス・ドイツの絶望的な戦争突入

ヒトラーの政権掌握から、開戦までの7年間のうちで、ドイツのベルサイユ条約破棄と再軍備の宣言（1935年3月）から、ラインラント進駐（36年3月）に至る1年間こそが、陣営工作の帰趨を決した最も重要な時機となった。

まず、ヒトラーの政権掌握（33年1月）から約2年間の第1期。ドイツは主として国内体制固めと秘密再軍備に没頭し、対外的には、マヌーバー的な平和外交に終始したが、ナチス政権の登場そのものがヨーロッパ政治を緊張させ、新たな陣営工作のためにベルサイユ体制を流動化させた。いわば、陣営工作の前哨戦の時期だった。

まず矢面に立ったのは、ベルサイユ体制の憲兵「フランス」であり、英国はベルサイユ体制での「一歩引いた半身の姿勢」から出ようとはしなかった。この「最初の試練」で、フランスが予防戦争の打診に応じ得ず、東欧を犠牲にするムッソリーニ提唱の4強国協定の締結に向かったことは、東欧諸国、分けてもポーランドの不信を買い、ポーランドはこれを機に対独接近へ外交政策を転換させた。

しかし、その後、フランスのドイツ包囲工作は、ソ連、イタリアへの接近となって徐々に進み、仏ソ相互援助協定、ソ連・チェコ相互援助条約などが締結された。このため、ドイツのオーストリア併合の企図はひとまず挫折した。

ついで、ドイツのベルサイユ条約破棄と再軍備宣言（35年3月）に始まる3年間の第2期。国内固めが一段落したドイツの積極的な陣営工作が始まり、英国も止む無く、ヨーロッパ大陸での陣営工作に本腰を入れ始めた。特に最初の1年が重要な意味を持った。

ドイツの再軍備宣言が出ると、英国はなおも東欧への深入りを避ける態度を取りながらも、イタリアに手を差し伸べ、英仏伊ストレーザ協定を締結した。ドイツは困難に直面した。ところが英国外交は、ドイツとの決定的な対立に陥ることを極力避けようとし、ドイツの海軍協定締結の誘いに乗ってかえってその陸軍拡張を助ける態度に出、フランスの不信を買った。ドイツによる「英仏離間」のクサビが難なく打ち込まれたのだ。

さらに、ストレーザ協定にイタリアを引き込む代償として黙認したイタリアによるエチオピア侵略は、英国民の猛反発を受け、国際連盟の舞台で、イタリアを弾劾し、経済制裁を実施することを宣言する破目になった。こうして反ヒトラー戦線は、発育不全のまま、瓦解した。他方、英国政府が強い警戒心を抱いて見守っていた仏ソ協定も、フランス国内の階級対立を激化させる結果になりフランス外相バルトウは暗殺された。

英仏外交のこのような無力によって、行動の自由を回復したヒトラーは、ラインラント進駐（36年3月）を決定した。これこそベルサイユ体制を決定的に崩壊させ、ドイツの軍事上の絶望状態に終止符を打った決定的な一打だつた。

そしてこれがその後の陣営工作におけるドイツ側の成功をも確定した。なぜなら、これはフランスから、「ドイツの心臓部を難なく占領し得る」という何者にも変え難い貴重な地位を奪い去ったからだ。軍拡も進まず、人民戦線政府成立ともあいまって、フランス外交はまったく方向を見失い、イギリスにすがりつくしかなくなった。英国もスペイン内戦に直面し、外交不在状態に陥った。これを見て、ポーランドはいっそう、ドイツに接近し、ベルギーは中立路線に復帰、当時は「反ヒトラー」だったムッソリーニが、オーストリア権益を棄てて、ヒトラーと和解する道、「ベルリン—ローマ枢軸」形成に動いた。

オーストリア併合（38年3月）に始まる1年半の第三期は、ドイツがそれまでの陣営工作の成果を当方への武力進出を以って刈り取ることとなった。英国は、対独宥和によって、極めて露骨なドイツの領土拡張行動に「合法性の衣」を着せるのに腐心するまでに成り下がった。その頂点がミュンヘン会談に他ならない。こうして、英仏の地盤沈下で、相対的に注目度が上がったのは、ソ連だった。しかし、ナチズム体制成立をもたらしたドイツ革命の流産と、それによるコミンテルンの国際的影響力の低下、さらには、スペイン緯線でのフランコ側の勝利と共和国側の敗退は、ヨーロッパ大陸でのソ連の陣営工作を不可能なものにし、スターリンは、反ボルシェビズムを掲げるヒトラーの侵攻をいかに防ぐか、ほとんど単独で活路を見出さざるを得ないところまで追い詰められた。

しかし、ここでも英国の宥和政策、優柔不断が、スターリンの不信、「英国はヒトラー政権とソ連の共倒れを目指しているのではないか」の疑念を生み、それを逆手に取った「独ソ不可侵条約」という「晴天の霹靂」のような「奇手」が採用されるまでに至った。もちろん、これとて、正面衝突を先送りする時間稼ぎに過ぎないことは、両国も重々、承知で、1941年9月1日にドイツ国防軍300万人は、独ソ国境を越えて、ソ連領内になだれ込んだ。史上空前の大軍団だった。

しかし、運動国家ナチス・ドイツにとっても、戦争開始は、「伸るか反るか」「乾坤一擲」の勝負で、運動国家としての最終局面を迎えていたわけだ。ほとんど何の植民地政策も持たずに、占領地拡大に走るだけのヒトラー体制では、停戦のメドは全くなく、国力が尽きるまで、英ソと戦うしかなかった。

しかも「スターリン・ソ連でなく、ヒトラー・ドイツを打倒すべき」とした米国のルーズベルトの本格参戦で、ドイツは四面楚歌の中で、わずかに、アジアでの日本との同盟を頼りにしながら、絶望的な「戦争の日々」に突入してしまった。

ナチズムは、ドイツ国内の再編は一応、成し遂げたが、外部世界を再編する大義も軍事力も結局、有していなかったのだ。断崖絶壁から飛び降りる「蛮勇」があっただけだった。〔了〕

「回想録」を閉じるにあたって——歴史の勝者は誰か

第二次世界大とは、そして20世紀とは何であったのか。俺（スターリン）にも良く分からない。ロシアでの革命を信じて、レーニンの率いる革命運動に加わった時に、その後の運命がこうなる、とは夢にも思わなかった。

第一次世界大戦でのロシアの敗戦から生まれたレーニンの臨時革命政府と、それを引き継いだソ連（ソ同盟）は、ヒトラーの侵略を防ぎ、東欧諸国をもいったん、社会主義（人民民主主義）化することに成功した。

しかし、1992年には、この全ての地域で社会主義体制は崩壊したようだ。市場経済を標榜する中国が社会主義なのかどうか、世襲を続ける北朝鮮が社会主義なのかどうか、分からない。かっての「社会主義」の原則にある程度、忠実な国家運営をしているのはキューバたけになったようだ。

俺がやったことはなんだったのだろう。良く分からない。ヒトラーと大差なかったのだろうか。しかし、再び、世界規模で資本主義は行き詰まり、中南米では、社会主義を目指す国が増えているらしい。

「神の御心」は図り難い。一時期のソ連の指導者だった俺のやったことを後世の人はどう評価しているのだろうか。歴史の大波に翻弄されただけだったのか。ルーズベルトやチャーチルはどうだったのか。

俺の存命中の出来事ではなかったが、ソ連という国は結局、消滅してしまったのだから、俺は敗者だったのだろうか。わが国が「無類の勇気」を発揮し、命を削って戦った独ソ戦とは何だったのか。歴史の勝者は誰なのか。時の移ろいのままに、全ては無に帰すだけなのか。俺にはわからない。この俺のつたない回想録を読まれた読者諸兄はどうお思いだろうか。


ヨセフ・ヴォイサノビッチ・シュガシビリ（スターリン）

クリエイティブ　2013年
不必要だった二つの大戦　パトリック・ブキャナン著　河内隆弥訳　国書刊行会　2013年
消えたヤルタ密約緊急電　岡部伸著　新潮社
本当は謎がない「幕末維新史」　八幡和郎著　ソフトバンク　クリエイティブ　2012年
ヤルタ会談　世界の分割　アルチュール・コント著　山口俊章訳　二玄社　2009
日本共産党史粛清史　高知聡著　月刊ペン社　1974年（絶版）
日本開戦の謎　鳥居民著　草思社　1991年
日露戦争史1　半藤一利著　平凡社　2012年
さらぎ徳二著作集第3巻　さらぎ徳二著　世界書院　2008年
元老西園寺公望　伊藤之雄著（文春新書）　文芸春秋　2007年
真実の満州史　宮脇淳子著　ビジネス社　2013年
最終戦　ギデオン・ローズ著　佐藤友紀訳　原書房　2012年
昭和戦争・失敗の本質　半藤一利著　新講社　2009
ジョゼフ・グルーの昭和史　太田尚樹著　ＰＨＰ研究所　2013年
トロツキー（上下）　ロバート・サーヴィス著　山形浩生訳　白水社　2013年
スターリンと日本　ロイ・メドヴェージェフ　海野幸男訳　現代思潮社　2007年

原潜伊602号浮上せり（上下）（ケイブンシャノベルズ） 青山智樹著 けい文社（絶版）
なぜナチスは原爆製造に失敗したか（上下）（福武文庫） トマス・パワーズ著 鈴木主税訳 ベネッセ・コーポション 1995年
暗闘 スターリン、トルーマンと日本降伏 長谷川威著 中央公論新社 2006年
異貌の構図 高知聡著 永田書房 1968年（絶版）
都市と蜂起 同
ポーランド電撃戦（学研M文庫） 山崎雅弘著 学研パブリーシング 2010年
独ソ戦争はこうして始まった 守屋純著 中央公論新社 2012年
ソヴィエト赤軍興亡史（1～3） 山崎雅弘著 学習研究社 学習研究社 2001年
髑髏の結社SSの歴史 ハインツ・ヘーネ著 森亮一訳 フジ出版社 1981年（絶版、現在は講談社文庫で復刊）
太平洋戦争のすべて（知的生きかた文庫） 太平洋戦争研究会篇 三笠書房 2012年
日本の原爆 保阪正康著 新潮社 2012年
昭和陸軍の軌跡 永田鉄山の構想とその分岐（中公新書） 川田稔著 中央公論新社 2011年
富・戦争・叡智 バートン・ヒッグス著 望月衛訳 日本経済新聞出版社 2010年
日本近代史 （ちくま新書） 坂野潤治著 筑摩書房 2012年
排外愛国のナショナリズム 渥美文夫著 世界書院 2013年
真実の近現代史 田原総一朗著 幻冬舎 2013年
慶喜のカリスマ 野口武彦著 講談社 2013年
アメリカの「オレンジ計画」と大正天皇 鈴木荘一著 かんき出版 2012年
宮本顕治を裁く 高知聡著 創魂出版 1969年（絶版）
連合国の太平洋戦争 松岡祥治郎著 文芸社 2011年
日露戦争と世界史に登場した日本 若狭和朋著 ワック 2012年
本当は誤解だらけの「日本近現代史」 八幡和郎著 ソフトバンク

参照した主要文献

反原発の思想史（筑摩選書）　絓秀美著　筑摩書房　2012年
対比列伝　ヒトラーとスターリン（第2巻）　アラン・ブロック著　鈴木主税訳　草思社　2003年
東条英機と阿片の闇（角川文庫）　太田尚樹著　角川書房　2012年
核がなくならない7つの理由（新潮新書）　春原剛著　新潮社　2010年
原発・正力・ＣＩＡ（新潮新書）　有馬哲夫著　新潮社　2008年
なぜアメリカは日本に二発の原爆を落としたのか　日高義樹著　ＰＨＰ研究所　2012年
20世紀のファウスト　（上下）　鬼塚英昭著　成甲書房　2010年
八月十五日の開戦（角川文庫）　池上司著　角川書房　2006年
金融ワンワールド　落合莞爾著　成甲書房　2012年
瀬島龍三と宅見勝「てんのうはん」の守り人　鬼塚英昭　成甲書房　2012年
原爆を投下するまで日本を降伏させるな（草思社文庫）　鳥居民著　草思社　2011年
第二次世界大戦論　川上忠雄著　風媒社　1972年（絶版）
なぜアメリカは対日戦争を仕掛けたか（祥伝社新書）　ヘンリー・ストークス・加瀬英明著　祥伝社　2012年
原発の秘密（国外篇・国内編）　鬼塚英昭著　成甲書房　2008年
ソ連はなぜ8月9日に参戦したか　米濱泰英著　オーラル・ヒストリー企画　2012年
ヴェノナ　中西輝政監訳　ＰＨＰ研究所　2010年
黒い絆　ロスチャイルドと原発マフィア　鬼塚英昭著　成甲書房　2011年
独ソ開戦　ヴェルナー・マーザー著　守屋純訳　学習研究社　2000年
アメリカのオレンジ計画と大正天皇　鈴木荘一著　かんき出版　2012年
新版　原子力の社会史　吉岡斉著　朝日新聞出版　2011年

後書き

本書の構想は、昨年、出版した原発批判の本「熊取からの提言」（世界書院刊）の執筆過程で浮かんだ。原子力開発のルーツを探ってみよう、という構想だった。

原発のルーツは言うまでもなく、第二次世界大戦の渦中での原爆開発。マンハッタン計画やナチスドイツの原爆研究のいきさつを調べているうちに、原爆問題は第二次世界大戦そのものとほとんどオーバーラップすることに気付いた。

そこで、第二次世界大戦そのものを何らかの形で描き、その中に原爆問題を位置づけられないか、と考えた。ソ連の独裁的指導者だったスターリンが、第二次世界大戦とその指導者たち、ヒトラー、ルーズベルト、チャーチル、トルーマン、昭和天皇らをどう見ていたか、という視点からなら、何とかアプローチ出来そうな気がしてきた。

1948年生まれの筆者は、団塊の世代、全共闘世代であり、学生時代にマルクス主義、レーニン主義の「洗礼」を受けた。その中で、当時の世界の一方の雄だったソビエト連邦について、「スターリンの悪政のせいで、レーニンやトロツキーが夢見た体制とは全然違う抑圧的な全体主義国家になった」という話をしばしば聞いた。それ以来、ヒトラーと並ぶこの謎めいた20世紀最大の独裁者の言動に関する本を色々、読んできたが、とても不可解な怪物という印象は払拭できず、「スターリンとは何者だったのか」は理解できないままだった。

一方で、スターリングラードの攻防戦で、ドイツ国防軍を破り、米英軍に先んじてベルリンに攻め込んで、ヒトラーの遺体を確認した（異説あり）のが、ソ連の赤軍であったことも歴史的事実だ。ヤルタ、ポツダム会談で、ルーズベルト、チャーチル、トルーマンを相手に一歩も引かず、東欧圏の創設をゴリ押ししたのもスターリンだ。そのスターリンのマルクス主義とも全く無縁な「暴力的で無慈悲な国家統治」を大きな原因として1991年にソ連が崩壊してからは、スターリンの存在感もすっかり薄れてしまったが、彼の「独白」という形で、ロシア革命以降のソ連の歴史と、第二次世界大戦、その終結までを描いてみたのか本書だ。

執筆中に起きた日本と中国との尖閣諸島問題を巡る領土対立など、現代世界のさまざまな紛争も、ほとんどが第二次世界大戦の「終結の仕方」に問題の発端があったことも分かった。まあ、歴史は連続しているので当たり前といえばそれまでだが。

スターリンが日本帝国主義、日本の軍部、昭和天皇をどう見ていたか、も以前から興味があり、独断も交えて、筆者の見解をスターリンの独白に託して書いてみた。

歴史の専門家ではないが、ノモンハン事件、マンハッタン計画、スターリンによる赤軍のトゥハチェフスキー元帥らの粛清、キーロフ事件などについては、わが国ではあまり知られていない史実も盛り込んだつもりだ。

名目だけの戦勝国だった中国が、蔣介石政権から毛沢東政権に変り、曲折を経て今や、米国と対峙する「世界帝国」として復活してきたことなど、20世紀の最大の分水嶺だった同大戦は、現在の日本の領土問題なども含め、省みるべき「巨大な歴史事象」であることには変りはないだろう。

浅学菲才ゆえ、事実関係の誤りもあるだろうが、そして、スターリンの回顧、独白は、歴史資料に基づいてはいるが、筆者のスペキュレーションである。20世紀についてのひとつ見方としてお読みいただければ幸いだ。

若い頃、左翼思想に共鳴した筆者の40年後の「スターリン論」として、旧ソ連、ボルシェビズムなどに関心のある方にも、ご一読いただければうれしい。太平洋戦争の経過は、これからの日本の進路、あり方、米国や中国との関係を考えるうえでも、示唆に富んだ「歴史的体験」に満ちている。

執筆に当たっては「参考文献」のところに挙げさせていただいた諸先輩の方々の著作を参考にさせていただいた。ここに記して謝意を表明したい。

最後に拙作が陽の目を見ることになったのは、社会評論社の松田健二代表のおかげで、ここに深甚なる敬意を表明し、感謝の気持ちを捧げたい。

山田宏明

2013年6月

山田宏明（やまだ　ひろあき）
1948年新潟県生まれ
1971年慶応大学文学部卒。同年、毎日新聞社入社。新聞記者として34年間、活動。現在は著述業（作家、評論家）
おもな著作に『美少女伝説』（世界書院）、『熊取からの提言』（同）、評論に「小松左京　果てしなき流れの果てに論」（小松左京マガジン41号掲載）など。
2011年から書評紙『図書新聞』に書評を掲載中。

スターリン「回想録」―第二次世界大戦秘録

2013年８月15日　初版第１刷発行

著　者：山田宏明
装　幀：桑谷速人
発行人：松田健二
発行所：株式会社社会評論社
東京都文京区本郷2-3-10
☎03（3814）3861 FAX03（3818）2808
http://www.shahyo.com
組版：合同会社 悠
印刷・製本：株式会社倉敷印刷